慌张的山水

周婉京

上海文艺出版社

{ 目录 }

春闺梦　001

安徒生的花园　037

玉楼春　107

在雨天放一把火　147

黄金蛋糕　185

游龙戏凤　235

云游僧　263

KLONE　271

后记　295

春闺梦

***

去年七月，我博士毕业，进入北京一所高校教学。我的生活：一个普通讲师，一万三千块钱的工资，加上一千二百块的房补，扣除五险一金，抛去日常开销，不赤字都很难，一个月几乎没有什么结余。隔三岔五的，我妈就给我来一个电话。嘘寒问暖之外，主要是向我打听北京的房价。我妈说，她和我爸打算把老家的三居室给卖了，帮我换一套北京的二居室，作为婚房，先给我备下来。我说，不用，用不着。我这现成的工作，过了实习期，学校会帮我办北京户口。等这些事都搞定了，我就去银行办房贷，自己的房自己买。爸妈不同意，主要还是我妈，她说，当年送你去读文科，就没指望着你靠自己赚钱,在北京,你要是觉得混不下去,干脆就回老家,小地方有小地方的好,安稳,爸妈照应着,没必要在北京吃苦。

无论话题如何盘绕,总绕不开一点——这么苦,为什么还要留在北京?许多人问过我这个问题,包括我的父母,我都给不出一个像样的回答。北京跟其他城市太不一样了。北京太大,大到跨区约会就是异地恋,大到——有时候,它会让你误以为你拥有了全世界,如此广大的一个世界。

一转眼,我来北京已经十年了。本科毕业,硕士毕业,博士毕业,学校换了三所,可是连海淀区都没出过。或者更确切一点,我连魏公村都没出去过。对我来说,北京更像是一个概念。我陆陆续续有过一些室友。他们毕业了,进了大厂,再回学校看我的时候,会带回来一些别地的气息,丽都的,国贸的,大望路的,中关村的,他们聊着自己的生活,有点像是好莱坞导演、法国新浪潮导演来跟你聊电影,大部分时候,你会觉得他们做的才是电影,真正的电影,而你在搞的不过是一种叫"中国电影"的东西。

说回我的工作,我们学校。入校第一天,我跑了十三个办公室,从人事到工会,从财务到机房,图书馆也去了,保卫处也去了（第一次去还没有人），食堂也去了，按照学校的规定，新老师必须要走完一个报到的流程。他们会给你一张纸，然后告诉你，在哪儿会有人等你，你来了，他们给你在纸上盖个章。这是规矩。没人告诉你，你不盖会怎么样。后来，我遇到了我的同事苏青，她拿出一张光秃秃的纸，这是她前年入校时领的。这张纸被折了三下，有两年了，一直压在书架下面做垫脚。她扶着书架缓缓地抽出它，反问我，这张纸重要吗？交了它，是能升副教授，还是多发两个月工资？我说，都不能。她咧着嘴笑了。

我之所以能和苏青说上话，是因为我俩被安排在一个办公室。前后桌的关系。我告诉我自己，不要随便动情。苏青很好，可是她结婚了，她有一个在信访局工作的老公，刚怀上一个可爱的孩子。不知道是男是女，她说她想要一个女儿，因为中国男的都太可怕了，她要不是嫁给了发小儿，知根知底的，不然她没可能认识别人。我说，也别一竿子打死所有人，世上还是好人多。她说，那你倒是说说看，什么是好人？我看着她的眼睛，还有她深深的眼窝（亚洲人很少见的那一种），我说了几个名字，像是《控方证人》里的玛琳·黛德丽，《后窗》里的格蕾丝·凯利，《穆赫兰道》里的劳拉·哈灵，这些人都有一双深眼窝,有着好人该有的样子。她摆摆手打断了我,她说我列的这些是好女人,不是好人。我说,"好"字本身就是一个"女"加一个"子",在"好"的问题上,我们男人永远不是女人的对手。她愣了一下,然后拍了拍我的肩膀,她说,你怎么跟个妇产科大夫似的?一个"女"加一个"子",大夫也祝我"好事成双",说我一准能怀上"双黄蛋"。我说,大夫这是在夸你,夸你是个好人。

不动情,就没有"情动"。这不是电影,这是生活,我掐了一下自己,提醒自己。当代生活不是现代生活,它给你一条快速流动的信息河,把所有的人和事都卷在里面,你不想走,它也会推着你往前。最近,我在写一篇关于"情动"的文章,表面上是为了维持我的教职,发 A 刊,发 C 刊,但实际上我是想捋一捋自己的"情"。我对苏青,到底是什么感觉?是哪一个瞬间,她使我"情动"?这篇论文里有一句话,当然了,我也是引用别的学者对电影里的"情动"作出的分析——"当你走进某间屋子时,你可以意识到有些事情曾经发生了,尽管你并没有被告知,更没有亲眼目睹,但从他人的表现,以及某种称之为'氛围'的东西中却可以真实地感受到飘浮在空中的情感。"

现在回想起来，我们这一代人是看着电影长大的。我们看电影，我们想要在虚拟的银幕世界寻找一种现实中缺乏的真实。比如《西西里的美丽传说》，一个美女出场了，观众的目光自然就聚焦了，跟着她，比西西里的男人们更接近她。观众久久地盯着她看，仿佛也能拥有她。在宇宙中，万事万物都是双向的。情动有一种力量，它让你误以为你被世界影响的那种力量，就是你影响世界的力量。它让你觉得观看也是一种表演，爱人也是一种被爱。

电影的逻辑告诉你，爱人相当于被爱，你在银幕后面偷偷地爱着一个人，这种情动本身就能带来爱。然后，我发现，情动和情绪是有区别的。情动是原始的、无意识的、欲望的、无意义的，而情绪却是衍生的、有意识的、限定的、有意义的。这就好比我与苏青，和我与其他同事的关系。跟苏青，我能有情动，但是跟别的人，我只能有情绪。很多时候，甚至连情绪也不会有。

系里的人员构成很复杂，有快退休的老教师，有领导家的关系户，有大导演的小儿女，有像我和苏青这样的寒门子弟。前三类人经常凑在一起聊天，打牌（他们打过德扑，最近开始打掼蛋），交换业界的旧闻新知，说某某导演和某某演员的八卦。贺岁档，五一档，暑期档，国庆档，中国每年要有六百多部片子上映，每一部新上映的片子里都有他们的熟人，他们在乎这些人，远远多过他们的同事。

平日里，他们看不见我。我的脸上，没有情绪。对着他们，我总是老老实实地坐着，不出一声。他们的牌局，他们的讨论，我收不到邀请，也不会参加。我觉得我在电影系里，有点像是逃脱束缚的情动。弱者，胆小的人，是不是不配有"情动"的瞬间？我不知道。每一次情动的时候，我都会有一些情绪外溢出来，它们是情动的捕获、减少和压抑。恰恰是这些东西，证明了我活着，我有情感，而且无法控制自己的情感。大多数时间，我们以为自己控制的是情绪，实际上却在经历一次情动。一个人，一个逃离的时刻。情动暴露了你的逃离，逃离显现了你的属性。纵使你落落寡合，不善交际，你的躺平，你的丧——照样会出卖你，反过来向你证明，你是属于这个集体的——你属于电影系，所以系里会安排你教一些不想教的课，尽管这些课里也有你喜欢的电影，这些电影会把你引向别处，让你短暂地逃离了你自己。

去年九月，我开始写"情动"研究，同时开始给大一、大二学生上《香港电影史》这门课。很自然地，几乎是别无选择，我撞上了王家卫。在一学期内，我二刷或三刷了他所有的电影。如果"情动"确如理论所说，它是一种情感涌动而出，却未曾觉察的临界状态——那么王家卫在二十世纪九十年代初的几部片子，可以称得上是真正的"情动"电影。《阿飞正传》里的张国荣，《东邪西毒》里的张国荣，《春光乍泄》里的张国荣，每一个张国荣都带着一个"情动"，从来不告诉你他是什么时候爱上的。只要看过一遍，你就会记住他跳的舞。曼波舞，恰恰恰。你不会觉得他在演，他就是他自己。他在爱。爱没有原因，没有结果，只有状态。

就着这个话题，我也跟苏青讨论过。她不喜欢王家卫虚头巴脑的那一面。太虚了，我不喜欢，她说。在王家卫的这些电影里，她最喜欢的竟然是《旺角卡门》，没有什么道理，故事性更强，完成度更好，张曼玉真美，刘德华挺帅。她是那种会用看小说的标准来看电影的人。她会说，一个好电影，首先得有一个好故事。她也会说，故事中如果出现了枪，那它就必须射响。这是契诃夫的名句，还被村上春树转述过。苏青用它来说电影，其实想讲每一个细节的重要性，不要随意搬出不相关的东西，如果电影里出现了手枪，它就必须要在某个场景射出子弹。要发射，而且要射中。这把枪不能交给《重庆森林》里的林青霞,它只能握在刘德华的手中,在《旺角卡门》的结尾派上用场。她不看"情动",只看故事。于是,她反问我,如果不开枪,枪的存在不就成了一种痛苦?

那天我们站在立德楼二层的楼道里,午后的阳光透过落地玻璃窗洒进来,打在她的脸上,一阵明一阵暗,像是王家卫掉帧的慢镜头。我盯着她看,渐渐地有点迷糊了。我语无伦次,想再聊聊"情动",可是话一到嘴边,又说不出来了。一种情感弥散出来,我眼看着它一寸寸漫开,浮动在我们之间。我徐徐走到她身旁。一开口,说了一句废话。我问她,为什么王家卫的处女作会有一个如此新浪潮(像极了戈达尔)的结尾?

她快走了几步,猛地转过头来。就那么静静地看着我,大概有一分钟。很久以后,我才发现她那时是在模仿张曼玉,那是张曼玉和刘德华走在离岛街头的一场戏。年轻的张曼玉,扁方脸儿,朱唇素齿,狐狸眼。年轻的刘德华,远远地走开了,回过头去睃了她一眼。他们俩在小巴站道别,刘德华一句一句地问,张曼玉一句半句地答。

我说,《旺角卡门》不好看,那是因为王家卫太紧张了,人一紧张,就拍不出来那"什么"了。她问,什么"什么"

的？我打了一个岔，故意扯些有的没的，最后才说，《旺角卡门》之后的几部片子，王家卫松弛了，越拍越好，拍到《春光乍泄》已经是……两句并作一句讲，我还是太紧张了。到头来，只能任由情绪牵着走，未语面先红。她说，汪老师，能说真话不？我点点头。她说，说说怎么回事，你不喜欢王家卫吧？我顿了一顿，说，没有的事。

情动了，人反而开不了口。她的一双黑眼睛一眨不眨地看着我。来，把窗户打开。我们俩一人扶住一边的把手，向上一提，没提起来。你一个男的，怎么娘们儿唧唧的？苏青说着，支开我，一个人扯出了一道大缝。风呼啦一声灌进来，我的情动也向外飘散了。

***

苏青是重庆人。女孩，用她们重庆话说是，女娃儿。这个女娃儿所生长的城市，有大水所现，是长江。不过女娃儿家住虚脚楼，属于南岸区，看不到长江。后来她上了大学，学校在江北，每个星期坐公交往返，总要经过长江大桥。初见难免有些激动，为了每个星期都能看一看这江水，她一有机会就跑回家，两点一线，很规律。见多了，她也有些倦。尤其是起雾的时候，水天渐渐地连成一片，迷迷蒙蒙的，连长江大桥上的缆绳都看不见，远的近的都只剩下一个窄窄的轮廓。

回到家，雾也就跟着她飘到了家。她家门口也有一条小江，五步江，环镇而流，水是清澈得多了。

五步江可比不了长江，它顶多算是一条小河。很多重庆人都不知道有这么一条江。纤夫和船娘，都是本地的乡亲。偶尔有人撑着杆，划着桨，在玄青色的河面上打捞漂浮物。纤夫见了她，挥汗如雨，打趣一句，次饭没得？他们正说到热闹中间，岸上的一户，街门忽然开了。门里探出来一个脑袋，一个女人，那是苏青的妈妈。头是头，脚是脚，活脱儿一个大了两号的苏青，母女俩是一个模子脱出来的。她妈越是着急，苏青的脚步越慢，似乎故意在拖延。再来，听到纤夫在嚷，她妈半急半笑地喊，莫恁个说嘛，次了次了！

吃了吃了，苏青倒是从来饿不着自己。八年前，她来北京读硕士，下了火车，第一件事就是找餐馆。那时候她没有钱，一张站票七小时，从重庆站到了北京。西客站南广场，辣的，湘菜只有几家食府，她吃不起，川菜都是成都菜，她嫌不够辣。找了半天，她看到一家老字号门口写着"北京辣菜"，好了，巴适得板，就是它了。进门，点上一盘北京辣菜，送一碗小米粥，吃了一口，她立刻就蒙了——这不就是凉拌萝卜丝吗？一点辣味也没有。使劲吃了几口，她打了一个喷嚏。北京辣菜的辣，和辣椒完全没有关系。这是一种蹿鼻子的辣，吃它纯粹是为了开窍通气，不是为了过瘾。

衣食住行，苏青说，单说吃这一方面，北京就很对不起她。北京真是美食荒漠，既没有香，也没有辣，更别提鲜、嫩、烫了，好像这地的人都特别不务实，没有味蕾，完全在图一个感觉。生人请客（偶尔有导演会来找我们吃饭），大概率只会吃鲁菜、京菜，一锅烩的浓油赤酱，啥啥都一个味，一点都不好吃。她说，这些菜加一起，都比不上咱们学校的食堂。南苑，北苑，溢香苑，这三间都值得一吃。

她刚显怀那一阵，嗜辣如命。她天天带我去吃溢香苑。我拿她没辙，眼看着她混在学生当中叫一份麻辣干锅，一份毛血旺，一份烤鱼，一份小面，看她不分前后地饕餮一番，吃到半饱，打出一个响嗝。我跟她说，慢点吃，别噎着孩子。她没理我，继续吃。我抢过来她的小面，出了一道题给她，她要是能说上来，我就把小面还她。她抬眼瞟一瞟我，说，怕了你不成，放马过来！我快速叨咕一遍，接着又放慢速度，我说，四是四，十是十，四十是四十，十四是十四，你也说说看。她撸起胳膊，手捧到我的面前，一把搂住她的小面说，四四四，四四四，四四四四四，四四四四四。

有一回，面还没有来得及吃，苏青的头慢慢地往下低。低着低着，她就出溜到桌底下了。她哼哼了两声，朝着我比了一个"嘘"的手势。我也顺着椅子出溜下去，问一句，怎么了？她不说话，贴着地蹭了几步。临了，准备颠儿了，她还不忘给我脸上蒙上一张餐巾纸，说什么，她这是——千里路上送鹅毛，礼轻情义重，不跑，碰上那俩人，我俩能不能活命，都是个未知数！这俩人的架势堪比惊雷乍起，走起路来当当直响。像是苏青这样有经验的人，一听到他们的脚步声，转身就出逃了。可我是举动迟钝的，比她慢了半拍，结果被他们找上。

这不，迎面奔来了两个学生。打头阵的穿一身粉，是个女孩。她叫朴文成，自称一名"女拳师"，听不得一句男人的好。她原本不是电影系的学生，却因为苏青的一节公开课被圈粉，毕业前临时转的专业，留了一级，成为我们系的新

013

同学。大四变大三，谁也不能阻止她，她说这是她的选择，她心甘情愿。结果这学期，她选了苏青所有的课，每晚都会给苏青老师发信息。苏青喜欢这个学生，可她也是真后悔，她说，她当初就不该在公开课上说那句话——中国第五代导演，这帮直男啊，走的都是寻根文学的路子，他们握着中国电影的话语权，不肯给女性导演机会，他们不说，可是他们清楚得很，女性没有根，又怎么能寻根？公开课结束了，朴文成头一个跟出来，她说自己也是女性主义者，她要拜苏青为师。

哎，苏老师呢？朴文成啪嗒一下坐在我对面，她瞥了我一眼。一眼就看明白了，她没把我当老师，只把我当成一个男的。

我想我能理解。我想起苏青的一句名言——上辈子杀猪，这辈子教书——对学生，我们只能理解，用爱发电，不求回报。扭头一看，她身后的男跟班蔡志远也来了。志远啊，一米八的大个子，走起路来吭哧带喘的。他一手拿着个包子，一手端着杯奶茶，胳膊肘上还挂了个芭比书包。他的这身打扮，教人看着眼熟：银色头发，粉红T恤，T恤上印一句Kenough。琢磨了半天，我想不出个所以然。蔡志远对着我点了点头,咬了一口包子,他说,汪老师,您不会还没有看《芭比》吧?

哪个《芭比》?我只问了这么一句,后面的就全是他们在说了。年轻真好,语速快,能量大。一个话头来了,他们就变成锅里的沸水,煮着,热络着,咕嘟咕嘟地响。一个说,电影《芭比》啊,苏老师都看过,您怎么会没看过呢?一个说,你听听你说的是什么话,苏老师看过的,汪老师肯定有好些都没看过。一个又说,是哦,咱们系男老师的阅片量好像普遍不太行。一个又说,别说男老师了,就你这个男学生,你也看的不如我多啊。一个再说,我爱看的是经典,不然你考我戈达尔,随便你来,我全看过。一个再说,你看过你了不起啊,一个有过三个老婆的直男,拍出来的电影能有多好?一个急了,他说,我不许你这么说他,你不明白,他最后是在自己家里安乐死的,他没有生病,没有抑郁,只是筋疲力尽了,你问问你自己,活在当下有什么好活的,是个人也会觉得没劲,你不理解他也就算了,但你不能这么说他,他是电影的法外之徒,世界上只有两种电影,一种是戈达尔之前的,一种是戈达尔之后的,你——不——明——白!一个愣住,缓了一缓,她说,如果不是《脸庞,村庄》,我怎么可能会注意到他？他给瓦尔达奶奶留下的谜语是他最大的贡献，你说《法外之徒》里线索无数，好吧，我也同意，他们在咖啡馆跳了舞，有点意思，沉默一分钟，不错，但真正有意思的是那段奔跑，他们在卢浮宫里狂奔了9分43秒，是这一跑，才让他们摆脱了戈达尔。最好的人物都是自由的，不是说一个男的或者一个女的，他们就是活生生的人，不受导演控制，所以他们说得出——人们永远无法相爱，很奇怪不是吗——这样的话，这不是设计出来的，你根本就没看懂戈达尔，他的电影里有真实的生活，三天以后，他们看见了海，开始相爱……忽然一静，像开水锅里霍地加进去一瓢凉水。他们心中的话很多，脸一红，有些话才不至于白说。一个红着脸说，不是绝不看男导演的片子吗？一个也红了脸，没错，我不看，谁看谁小狗。

一来二去的，朴文成傻傻地露出白牙，告诉蔡志远好些他没看过的电影。吃完了饭，蔡志远央求着她说，她不好意思讲，可是又不好意思拒绝。后来，蔡志远补了一句，十分钟后到楼下见我。朴文成摆了摆腿，说，你怎么知道我会去呢？

听完这些，我忽然纳过闷儿来。老师装嫩是一条危险的路，成败一萧何。这条路上出师未捷身先死者众多。当然也有老师不招人恨的，那他首先要得到年轻人的认可。有了年轻人的邀请，他才敢登堂入室。我用眼角梢瞟着他们，一点点活动起来，他们不嫌我老，我知道他们要干什么，几乎是一齐地，我随着他们脱口而出——你，还有9分56秒！

冲下去，下楼梯，下台阶，下到大路上。上大路，见了一群女孩捧着水盆在澡堂门口站着，我们跟她们撞了个满怀，撞出一丛丛蒙蒙白气。9分40秒！我们逐日追风，快步闪过一些不变的路。白杨大道，银杏路，体育场西路。变的是大幅的宣传海报，获奖的先进老师和同学，他们静止地笑着，像是这所学校和这个城市的某种象征。芸芸众生中的一个，新北京人，成功学的受益者，审时度势，乐观务实，从不会怠慢了别人，总是委屈着自己。汪老师，你慢了！8分30秒。途中我们也会穿过操场，谁谁都知道这是"学院之春"的露天排练场，因为比赛的需要，有的是心怀梦想的年轻人，没日没夜地在这操场上跑圈，吼一嗓子，跑两步，他们在人堆里挤着，跑着跑着也走了起来。汪老师啊，你怎么走上了？7分钟整。操场的对面是保卫处，清真食堂，幼儿园。往前走看见一个制服笔挺的中年男人，正在幼儿园门口徘徊。顷刻间，孩子们拥了出来，他冲上去抱住一个四五岁大的女孩，女娃儿。那人转过头瞧了我一眼，只是摇头。他是保卫处的冯处长。我又跑了起来。经过他，他抱起孩子喊了我一句，哎，慢点！

6分15秒。体育场西路人山人海，十几个社团设了摊位，铺在体育场西路上吆喝。这边是相声社，那边是吉他社，很多的时髦人也愿意去挤一挤，左不是听听快板，也听听民谣。前边走不动了，话剧社档口人太多，我蹦高了两下，透过年轻人的肩膀，看到一些舞动的人影，再往前，蔡志远和朴文成跑着叫好，我远远地问他们，这演的是哪一出啊？他们没听见，还在跑。身旁一个麻秆似的男孩，不小心踩了我的脚，他说，这是《麦克白》。4分30秒。我在人群中挤着，有一种奇妙的感觉。头上是乍蓝的天，晴暖的阳光，北京的初秋是这样的，天蓝得像是要变绿了，晴暖得快要发燥了，可它始终又都没有，就这样，就这样。3分30秒。跑不动了。我一只手扶着膝盖，一只手打着手势，停在电影社的摊口，站还没站稳，就有人拉了我一把，说，汪老师，戴上它，跟我走！

我的手上是一个面具。《法外之徒》的弗朗茨，他的脸。

这一次，我想也没想，索性就直接戴上了。我的身边，有两双眼睛透过面具，看着我，是蔡志远和朴文成。挨近了，他们又蹒跚着跑开了，嘴里咿呀地说着辨识不清的话，我猜那是法语，是《法外之徒》的台词。1分30秒。绕过孔子广场，立德楼就在眼前。孔子像的脚下是一只黑色的孟买猫，阴沉着脸，趴在阳光里。见人来了，它也跟着抖了两下，摇一摇尾巴，算是打了招呼。58秒。沿着台阶往上跑，视野渐渐聚焦起来。我看到奥黛尔和阿瑟跨上了楼梯，活泼的意味是没有了，多的是沉着。他们根本就是电影里的人物。在电影的尽头，是自由。而在自由面前，弗朗茨的爱情又算得了什么？好啊，我记得咖啡馆那一幕，弗朗茨给奥黛尔点烟，奥黛尔不抽，而当她喜欢的阿瑟拿出烟的时候，她却灵巧地从中抽出一支，我，弗朗茨真是拿她没辙，是爱情，再一次输给了自由。

30秒。我们冲上了二楼。15秒。我们冲进了苏青的教室。周五下午，她的教室里，来了一些人，也并不很多。5秒。她跟着我们出来了，我们四个站在空寥寥的楼道里。她丝毫没有怪我们，相反，她掏出手机，一个劲地拍我们。3秒，2秒，1秒。她笑着问，咦，这面具是哪来的？汪老师，你这弗朗茨的嘴怎么是歪的?还有文成,志远,你们跑了半天,到底有没有破纪录啊?

我们之间,全是阳光,温暖的空气,带着一点重庆小面的香味。手机里的影儿很真,真实世界里的人儿,反倒虚幻地飘着。我们挽起了手。人儿不动,影儿微响。我们对着镜头说,青春,再见。

***

有个星期一上午,具体哪天记不清了,刚入职的那几个月一晃就过去了,好像每天都是星期一,每天都一样。应该是在十月吧,我转正前没几天,朴文成突然来办公室找我。她说,苏青老师迟到了,您想想办法。是这样的,我们学校每周一上午都安排了晨读,读政策,读精神,学分记在思政课上。我说,哪个教室?朴文成说,还是立德楼,多功能教室。我知道那个多功能教室,一开课能坐一百多号人,密不通风的。我说,不就你们一个班,为什么要用那个教室?她说,是,原本就我们三十个人,可系里有几个老教师不愿意上早课，就把他们的学生给并过来了，我们班上现在有七十多人。我说，我们边走边说，你拿我手机再给苏老师打一个。说完我递过去电话。

苏青没接我电话。到了教室门口，远远地我就听到有人喊她的名字，苏青没答，我却大声地应了一句。我想起"情动"的一个说法，"情动首先是内容和效果之间的差距，而图像效果的强度与绵延和内容之间没有直接的逻辑联系"，也就是说，我们的身体反应要先于我们的理性认知，多数情况下，我们是有可能做出没有逻辑的事情的。推开了前门，嘈杂的人声进入了楼道，学生的目光一下子移动到我脸上，把我和朴文成逼退了几步。来人很多。楼上楼下，来了不少起哄的学生。他们在教室后面围了一圈，人挤人的，踮着脚往里面看。朴文成认出了蔡志远，还认出了被他骑在身下打的一个男孩。她说那是他们班上有名的密探，隔三岔五就打"市长热线"，专长举报。

终于蹭到了后排，我见蔡志远鼻青脸肿的，问他，怎么弄的？他说，没怎么弄的。朴文成大声叫着，你打他干吗啊？有人伸手把地上的男孩拉了起来，我抬眼一看是苏青。她没有看我。我朝她的肚子看了一眼，已经很大了，像一口钟上面又盖了一口锅。周围的人看见苏青来了,纷纷往后退了一步。她冲着男孩说,你先起来再说。男孩说,我不起来。蔡志远说,苏老师别理他,就让他丫在地上趴着。苏青说,你有什么诉求,起来说话。男孩说,老师,我举报错了吗?明明是你先迟到的,老师,你叫他把手机还给我。蔡志远松开手。这时候,苏青才瞄了我一眼。一张羊皮纸似的人脸,一对深陷的眼窝。我推了推蔡志远,他没理我,而是扭脸看了一眼地上的手机。苏青弯下腰,把肚子沉了下去,捡起手机。屏幕脏了,她用衣角擦擦,说,还好,没摔坏。男孩接过手机又还给苏青,他说,苏老师,你帮我拨12345。我说,同学你误会了,苏老师没迟到,我是来替她上课的。苏青没搭话,照他说的拨通了电话。呼叫等待。

领导的回话,我没听见。几天之后,苏青在楼梯间找到了我,她告诉我,她是怎么被记过的。我们在楼梯间吃着没什么滋味的凤梨罐头,她把一切都告诉了我。说来也是巧了,那通举报电话刚好打到了市长办公室,那一天,市领导在单位值班,就坐在接线员的身后。我说,你听岔了吧?领导再值班,他也不能跟接线员一个桌。苏青说,这不是重点,人家市领导也得关心民生不是?我不言语了。她又说,她该去买彩票,像她这样一通电话就能够着市领导的,有人算过概率,说是十万分之一。那天,市领导接了她的电话,详详细细地听她举报了她自己,领导笑了,还做了记录。不到一周的工夫,市里头就派人来了,先是找我们校领导了解情况,然后校领导一层层摸排下去,摸到了我们系领导的头上,系里边到处打听——这个迟到10分钟的女老师是谁,她迟到就迟到吧,怎么还能挑唆学生打群架呢?她一边慢条斯理地讲,一边细细品着她的凤梨罐头。我吃不下,剩下半拉也给她了。我特别记得她吃到最后一口,"咕咚"一声之后的表情:嘟嘟的嘴唇向一边咧去,眼睛掖进了眼窝深处,既带着些自嘲又带着些无可奈何,她比《重庆森林》里的金城武还要忧郁悲伤。

到了十月底,我那篇"情动"的论文写得差不多了。结尾的部分,我引用了德勒兹的"情动"理论,看起来有些道理,晦涩,高深,却又叫人拿不太准。我把初稿打印出来,标红了德勒兹的一句话——"情动作为一种由主体产生但却脱离主体而弥散在抽象空间中的存在,它处在无法抵达客体也因此不能激发客体行为反应的状态之中"——自作多情的主体,没有反应的客体,写的不就是我和苏青吗?这句话在我看来，更像是在描述"情动"的无奈，"情动"被比拟化了，被人需要时它弥散，不被需要时它失落。

理论是有道理的东西，但它不是知识，情动是未经经验的爱，可它不是生活。

十一月初，系里开会，苏青没来。系领导给我们传达了一下校领导的指示，说是经过市领导的特殊批示，学校层面考虑到苏青老师怀孕九个月，快要生了，先不处理。系领导反复强调了思政课的重要性，他说，抓思想必须要抓到位，连老师都抓不好，怎么把学生抓好？下次开会，苏青来了再说，这事还没完呢。领导的意思我明白，就是来一次批斗一次，一件事够说一学年的。我低头看手机，苏青那边还没有消息。一个不小心，手机从膝盖上向前跌下来，正正摔在领导椅背上。领导回头看了我一眼。领导说，小汪，对了，欢迎汪新老师正式加入咱们电影系，他刚刚通过了实习期，难得的喜事，大家也鼓鼓掌！掌声响起，稀稀拉拉的。我哐当一下站起来，吓了领导一跳。一鞠躬，我捡起来我的手机。会后，我在校门外买了一张电话卡。我用新号码给苏青发了一条短信。我说我是快递小哥，她有个快件到校门口了，让她来取一下。过了两小时，她回信了。她说，汪老师，我都听说了，恭喜你。我说，不说这些，你有空了，我去找你。

生活的崩溃好像就在一瞬间。苏青不在，没过几天，系里安排我接替了她，代她教一学期的《欧洲电影史》和《视听语言》。很自然地，我也就接下了她的学生，眼看着她最喜欢的两个——一个被劝退了，一个办了休学。蔡志远打了人，这是事实，他被劝退，原本没什么好说的。可是朴文成，她犯的事是我的疏忽，怪我。是我一个没看住，害她去的校办，找了校领导。当时领导正在开会，听不了她讲。吃了闭门羹，她急了，直奔停车场，揪出校领导的车。六个人，五台小轿车，一辆自行车。她不管，认准了，汽车扎车芯，自行车卸气嘴。后来事情闹开了，闹得她家长也来了。校领导一接见，发现她爸是区里的副区长，不好招惹，也就不了了之。责任追究下来，交代给系领导，让她写一份检查。她不肯写，跑了。

我想起来那封检查，改了几稿，最后还是我交上去的。但是第一稿的印象最深，我在结尾写上了大学的办学之道，出自陈公陈寅恪的那一句——"独立之精神，自由之思想"。也许是系领导给我删了，不然就是校领导，总之等这篇文章回到我手上时，结尾赫赫然写的是——"知错能改，善莫大焉"。我相信很多比这二位更大的领导当时都是这么想的。

在随后的时间里，蔡志远和朴文成再没有来上学。我约他们在校外吃饭，海底捞，外婆家，麦当劳，一有空了就帮他们补课。这样，就算他们哪天能返校了，也不会落下太多。有一回，正吃着饭，我说，学校可以不去，但学习不能落下，你们不是为我学的，是为了你们自己，知道不？蔡志远说，汪老师，你现在说话一嘴东北口音。我说，我是大连人，我们那地方现在流行一个"东北文艺复兴"。朴文成说，老师，您以前跟苏老师混的时候，您说话都是"粑粑""瓢瓢"这样式的，见谁都要喊"妹儿"。我说，整岔劈了，俺们那也喊人"老妹儿"。朴文成说，那"老妹儿"问你句心里话呗？我说，"老妹儿"你说。朴文成说，你是不是稀罕俺们苏青老师啊？蔡志远说，老妹儿，你这么问，他不会认的！你啊，直接给苏老师打电话，你问她，看她怎么说。朴文成说，不用打，那啥，明天不就见着了吗？那顿饭，我们吃了很久。他们想要说服我，明天跟着他们去景山公园拍电影，他们自编自导的一个短片，说是要送FIRST电影节参展。我拒绝了。其实我那也不叫拒绝，一听说苏青要来，我一激灵站起身，把他们扔在饭桌旁走了。

说了不去不去，第二天下午，我还是去了。这两个学生把我拉到了一个群里，苏青也在。那天碰巧是个星期五。我从东五环赶过来，进城，慌慌张张地不知道为了什么。路上很堵。等我赶到景山公园，按着他们发给我的定位，自西向东爬上万岁山，已经快五点了。一抬头，俯仰之间尽是故宫的玉楼金殿。神武门就在眼前，与我隔着一条窄窄的护城河。我看着帝国的黄昏，就这样一寸一寸地落下去。

所有人都看着我，苏青见了我把烟掐在地上，她看着我说，看入迷了吧？我说，好久不见，你，学会抽烟了？朴文成递过来两张纸，发给我和苏青一人一张，她说，这就是今天的剧本，不用细看，你们都会。苏青说，这不是王家卫的《阿飞正传》吗？我低头瞅一眼剧本，没错，确是《阿飞正传》的开头，张国荣遇上张曼玉那一段，他们要做"一分钟的朋友"。蔡志远架好了机器，他让我站过来试试镜头。聚焦，再聚焦。景深出来了。他说，汪老师，咱们这个戏就叫《一分钟的朋友》。不是抄袭王家卫，我们是向他致敬，再说了这也不是王家卫的原创，他是在向戈达尔致敬呢，您看过的，《法外之徒》里面的"沉默一分钟"。我说，苏老师课上讲过的。他说，讲过的，要拍出来才算数。我说，我是张国荣，还是张曼玉？他说，话是张国荣的话，你只管做你自己。

开拍。我和苏青站在景山的最高点，万岁山，万春亭。对着紫禁城，一时没人说话，我听见摄影机计时器的秒针，嗒嗒嗒嗒地走。一分钟，又是一分钟。后来还是我先开口，我说，你今天有点不一样啊？她说，没有，有什么不一样的？我说，没有吗，你的耳朵怎么那么红？她说，你到底想怎么样？我说，我不想怎么样，我就是想跟你交个朋友。她说，我为什么要跟你做朋友？我伸出了胳膊，露出了手腕，我没有戴手表，可我还是继续说，看着我的表。她凑近了，没有拆穿我，她注视着我的脸，说，做什么要看你的表？我说，就看一分钟。她离我很近，默不出声。一分钟之后，她说，时间到了，说吧。我说，苏青，我……她说，汪老师，孩子们的事，我有责任。我说，那不怪你。她说，蔡志远我没保住，朴文成我留下了。我说，是你跟学校说的？她说，我不回学校了。汪老师，以后咱们各走各的路。

秒针嗒嗒地走着，王家卫的台词被留在戈达尔的一分钟里——因为你，我会记得那一分钟，由现在开始，我们就是一分钟的朋友——没有开始，也就没有结束，无始无终的爱是最好的，最纯粹的情动。

没有我，没有人的位置。天与地之间，只有偌大一个北京城。

这时候，蔡志远过来跟我说话。好像在说拍摄的事，他们还想拍几个空镜，我没听清。因为我一直都看着苏青。她穿着一件樱桃红的羽绒服，系着鹅黄色的围巾，牛仔裤，雪地靴，腰间挂着一个样子奇怪的手机包，那是她的"防辐射屏蔽袋"。我向她走过去的时候，她已经背过身了。在漫长的一分钟里，她越过了北海的白塔，走入了帝国的黄昏。

***

苏青离开之后，我接过几个电话，都和苏青有关。打电话的人，打到系里，再打给我的，十有八九是为了找她。做什么？找她参加首映礼。去年是中国电影的"小年"，市场上压了不少存货，都在年底一口气放出来了。十二月，喜剧片，爱情片，科幻片，找她看片的，什么类型都有。我替她记下了一些内容，以为放映会也就这些了，没想到没过多久，又来了一个电话。在电话里，他们不找苏青，找我。他们说，汪新老师对吧？我说，我是。他们说，我们是《繁花》的宣发团队。我说，有事请讲。他们说，是这样的，二十号，《繁花》在北京有一场看片会，您能来吗？我说，你们是苏青老师的朋友吧。他们说，这个不方便透露。我说，我的号，是苏青老师给你们的吗？他们说，汪老师，那就到时候见了。

王家卫的《繁花》。片子还没有放出来，同行的影评已经出来了。快言快语，众说纷纭。有人说，这就是上海的《阿飞正传》。看片头、音乐、剪辑、灯光，有"墨镜王"那味儿了。有人说，"墨镜王"始终在拍一个故事。阿宝的繁华梦，既是阿飞的续集，又是阿飞的前传。早早放出来的预告片，便是这些人的证据。片中的两位主创——男主角胡歌和原作者金宇澄——两人共处一室，打了照面，对上一眼，寥寥几句又回到了《阿飞正传》。一小间房，三两人物，王家卫擅长用空间来拍人心。从张国荣到胡歌，每一处，每个人都有故事。

到了看片会，千呼万唤始出来，播了第一集，看见了沪上靓仔胡歌。和平饭店，英国套房，一杯威士忌，一支烟，他看着镜中的自己，三分梁朝伟，七分张国荣，十分王家卫的模样。他结棍，他来嚛，他有腔调。他梳头，一拢一拢地将他的感情梳起，梳拢进一个只谈风月不谈情的时空。

第一集，我只看到一半。像阿飞一样的阿宝，无姓有名，单论一个"宝总"。人人都说，宝总有钱。钻了门路，又撑市面。宝总行，故事始。宝总停，故事止。宝总被车给撞了，故事也要跟着打一个颤。撞他的人是谁，我不知道。只看见，倒地的一瞬间，宝总是笑着的。在他身后，漫天飞舞的钞票洒在滇池路上，凑热闹的人赶过来，不救人，就顾着捡钱。哪怕是王家卫来拍，生活也是如此现实，宝总有钱了，有人不想让他有钱，有人想要他死。宝总进医院，宝总还活着。过了一会儿，我走到放映厅的门口，把着门，我在找苏青。这时从影院的另一头，走来一个人，一个女人。中等个头，圆圆脸，戴眼镜，两手插在兜里。看见了我，她指指大银幕说，所有重要人物都会在第一集出场，再等等，您还没看到李李呢。我听出来了，她就是当初给我打电话的人。我朝里望了望，说，你是苏老师的朋友，你碰见她了？她说，苏老师不来，实话说，这次看片会的名额有限，一个萝卜一个坑，您来了，她就来不了了。

我从楼上下来，找到路，并不右转去找我的学校，却顺着建国路向左，往国贸的方向去了。薄薄的月色打在金晃晃的长街上,好像《繁花》的世界延伸到了戏外。这一条路,据说是北京最繁华的一条。北方的繁华,向来是只讲排场,不求精致,一座座大厦像是年节当头的花烛彩灯,一处处高楼像是神仙老儿的水晶宫。左右一望,飞楼插空,软红十丈,"大裤衩","中国尊",玻璃幕墙下无不是车水马龙。有钱人走在马路上,像是王家卫的龙套演员,他们在演自己的生活,尽量地避开——无根的命运、孤独感、回忆、遗忘以及被遗忘的恐惧——这些人类都有的朴素的感情。

我的记忆开始清晰起来。也就是四五个月前,开学没多久,我去图书馆借书。那时候我刚接下《香港电影史》这门课,有一本台版书怎么找也找不到。我去借阅室一问,管理员一查,告诉我要借的那本书就在图书馆,可能被谁搁哪忘了,他让我再好好找找。于是我搬了一个梯子,从上到下挨着字母,逐个查。翻得快,找得急,一本大书横放在几本小书之上,我没留神,大书砸下来,伤着我的眼角。隔天一早,办公室的同事们见我眯缝着眼睛,连问候都没有一句,他们装作没看见,只有苏青给我拿了一板创可贴,坐在我对面东瞧西瞅的。她说,你才来几天啊,就整出来一个工伤。我不说话。她说,听他们说,领导把《香港电影史》派给你了?

我不说话。她说，那节课的选课人数少，科研经费少，没啥油水可捞，这帮人精着呢，所以都不肯接。我说，那你呢，你愿意教吗？她说，年轻人，大学也是职场，在北京，谁不是关关难过关关过？再说了，你怎么知道我没教过？我说，你现在教啥？她说，《欧洲电影史》。我笑了。她说，你别笑啊，英雄莫问出处。我认了，谁叫我喜欢的王家卫也喜欢戈达尔呢。

她的办公桌空着，四边不着天与地，也不见人。当中，孤零零地摆着一本书。

我一直记得她的样子。她是一个老师，真正的大学老师。后来我才知道，那一回，她上课迟到是为了去校门口取一本书。

我的一个朋友，老书虫了，平时专门在网上帮人找书。路上，我在国贸桥下遇见了他。这个朋友看见我说，哥，那本台版书也忒难找了，找死我了，那啥，苏老师给你了吧？我说没有，然后说有。我说了一个书名，还有那本书的样子，他说对，就是那本。我问他买书人呢，我想让买书人看看，不知道为什么，我就是想让她看看我，我的情动——朦胧而胆怯，迷惘而心焦，一半是痛苦，一半是快乐，快乐之后还是痛苦，更多更大的痛苦。我的朋友盯着我看，说，哥，你没事吧？我掏出来一沓钱，皱皱的，塞到他手里。给多了。我说，书钱。朋友接过我的钱，扭头过了马路。我想问他苏青找到了吗？可是嘴唇动了动，喉咙却发不出声，有什么东西噎住了。等我把裤兜揣好，我的朋友回头看我，笑着喊一句，新年快乐啊，哥！

可是有时候我也很乐观，偶尔老家来人提起我，他们说汪新这小子出息了，在北京混出个人样来了——这话一出，我有面儿，爸妈也跟着长脸。我静静站着，不过两三分钟。过了马路，我又往前跑。这一次，我一刻也不停，一直奔到了公交快速道，有车经过的地方。我赶上了一辆公交车。我的家，远虽不远，却是在相反的方向。

这些天北京下雪，化雪，家里应该冷极了吧。家门口应该有一个快递，里面是我妈给我包的鲅鱼馅饺子。个大，皮薄，过水煮开了，屋子里闻得见渤海湾的气味。我想着，不久等苏老师回来了，我拿过去，分她点儿吃。她这个人，整个一馋猫儿变的，见了好吃的就挪不动窝。

后来我听说，苏青就死在那天夜里。她在生产的时候死于羊水栓塞。我听说，她的两个孩子活了下来，一个男孩，一个女孩。我听说,她的羊水倒灌进她的肺,也不过9分43秒。在她的一生当中,有无数个一分钟,如果可以重来的话,我希望做她每一分钟的朋友。

(谨以此小说献给我因羊水栓塞去世的同事杨奕老师,谢谢你,愿你在天堂顿顿都能吃上重庆小面和鲅鱼饺子)

二〇二四年二月十七日
北京

安徒生的花园

楔子

我爷爷走的那年，我还小，也就四岁半的样子。不知道过了多久，突然之间，家里的大人都忙了起来。一连好几天，到了晚上就开始念经，通宵达旦经声不绝，连饭都不叫我吃一口。我饿了，饿得昏了头。只看见诵经坛和月台之间，一条红线上穿着一个纸人，纸人身上缀着灯花。我顺着这串灯花，一个纸人一个纸人地摸过去，爬到了月台底下。

那个月台不大，也就一尺宽，窄窄的台面上，满满当当摆着——用黍米和高粱米做成的打糕、搓条饽饽、苏子叶饽饽。我悄悄地顺下来一个饽饽，扭头一看，不远处还藏着一个人呢。癞头，花白胡子，破衣烂衫的，嘴里也叼着个饽饽。

我说，这是我家的饽饽。他说，吃一个吃不穷你。我重复着说，我家的饽饽。他说，那什么，我认识你爷。我说，你是我爷啥人？他说，你就喊我大伯吧。我说，你要是我大伯，咋不穿孝服呢？他说，别整那些没用的，你快吃。吃饱了，大伯带你玩去。

饽饽进了肚。我跟着他一路溜出了灵堂。一路直线扎下去，穿过灵棚，穿过大摆桌，我们到了一片空地。他蹚开土，在地上画了一个圆。我蹲下来一看，还挺圆的。他拍拍我说，你帮大伯一个忙吧。我说，大伯你说。他说，等下你大伯要变个戏法，你去胡同里招呼点人来。我就站起身来，迈着小步，一溜烟去请人了。没过多久，我就带着全胡同的小孩都回来了。他让我当孩子王，安排大家围着圆圈站好。人齐了，轮到他发话。他说，我们现在来做个游戏，看谁能把自己家的大人请出来，谁就能吃我手里这块糖！一摊手，他掌心握着一把"大白兔"。

孩子们乌泱泱跑开了，不一会儿，唤回来了他们的爸爸妈妈。这时我那大伯画了一个更大的圆。他让大家都后退，站在圈外，只叫我进来，站在当中。他叫我去找个街坊要一块钱，我颠儿颠儿地照办。他拿了钱，一翻一覆，左掌一掀，硬币就不见了。大家伙倒吸一口气。他摆摆手,两只手空空如也。再握拳,一扣手,一摊开,右掌里有两块钱,大家伙纷纷鼓掌。就这么着,一块变两块,两块变三块,变到了最后,我大伯的裤兜塞满了钱。表演完,人散了,他领着我往胡同深处走。我说,大伯,你教教我呗。他说,你身上有钱吗?我寻摸了一遍,在右屁股兜里掏出来一角钱。我说,只有这个,买糖的钱。他说,好,你看好了啊。

那天晚上,三只大猫在墙头徘徊,我对着它们变了一回戏法,惹得它们满院子地叫。等它们跑到邻居家的土墙边上时,我家院子里已经挤满了人。后来的人还想挤进来,爷爷的灵堂前,两扇不牢固的大门吱吱嘎嘎响着,连那个饽饽桌子也在摇晃。院子里一片乱哄哄的议论声,我听不清那些大人在吵什么,只知道打头的是我家邻居,她斜着眼,侧过头,带头起哄叫起来——骗子,还钱!街坊们一窝蜂地拥进灵堂,爸妈才知道这件事跟我有关。骗了街坊们的钱,爸妈把我训了一通。我不服,又给我妈表演了一次我的戏法,她揪住我的耳朵把我拖到门外罚站。站好了,我杵在门外往灵堂里瞧,这伙人不再跟我爸妈废话,他们呼呼啦啦地到处走,拿三搬四的,我妈抬起头来瞅他们一眼,我爸连头都不抬。临走了,他们也几乎把我家搬空了。我妈来来回回地检查，少了些什么——一盘白肉胡肘、一盘血肠净肚、三盘烧碟、三盘江米糖、两盘关东糖、一坛猪油、两瓶北冰洋、一副乒乓球拍、一双拖鞋，还有一件穿破了的雨衣……他们好容易出了院，我们全家人都垂手肃立，气都憋在肚子里不放。这时我放了一个屁，怯怯地问，妈，啥是骗子？我爸推了我一把，说，走走走，上炕睡觉。

一年以后，到了春节，我们胡同的人凑在一起看春晚。我记得，那是第一年有春晚可以看。胡同口放着一台彩色电视机，开着，可是电视里的人影却是雪花样的。我照着箱顶拍了两下子，这才跳出来两个小人，一男一女，说是搭班子变戏法的。他们挺来劲，先是变出来一盘饺子，之后又变出来一碗面。马季和姜昆，两个相声演员在旁边捧着，吃着饺子，他们说这俩人变的是魔术，不是戏法。后来我凑到电视机前，想抢着把它给掬起来，连续抬了两次，没抬动，最后一次掬得太猛，把自己摔一跟头。

我喜欢变戏法，是因为每变一次总要说点什么，我嘴笨，有时候不得已只好编故事，说说自己这手法有什么新奇，朋友们知道了也不戳破，跟我很有默契。很长一段时间，我的梦想是成为一个魔术师。然而,我没有坚持下去。我儿时用过的硬币、纸牌,现在已经很旧,黑黑的,不知道是烟熏的,还是长了霉。跟着我的记忆也像是发了霉,光照不到我,现在的我是一个房地产中介。我对未来没有期望,感觉自己将会这样度过一生。

自从十一岁那年,我妈出事以后,我爸就替我做下了选择,他说,卖房子稳当,一个人有房在手,就不怕没地方住。那是一九八九年夏天。放假了,我从县北边的学校回家,横跨了东坡庙到长阁村,六十里地,连跑带颠的,走也要走上大半天。那会儿,丰宁坝上的草才长起来,没不到我的脚脖子。潮河的水绕着坝上草原流,河水明晃晃的,几乎看不出流动,只有潮湿的雾气从地上升腾起来。月亮爬到老高的地方,看着我,把我送入家门。

屋里头没人,爸妈还在风电厂上班。我在窗户前坐了一阵,看到一伙人走进了隔壁的院子,他们递了一张纸给我邻居(我喊她"王姨"),王姨拿着那张纸敲开我家的门,问,有人在家吗?我没说什么,这王姨就回去了。过了一会儿,我听见院子里有叮呤咣啷的声音,头上三尺是天花板,开始当当地往下掉土渣。我赶紧出屋瞅瞅,一抬头,吓一跳,王姨家的那伙人正踩在我家房梁上，一个劲地往下掀瓦片呢。我喝一声，住手！你们干啥呢？他们一愣，说，咋有人在呢？我说，搁谁家偷瓦片呢？其中一个人说，不是，你家不都签字了吗？我说，签啥字？另一人说，拆迁协议啊，合着你家不姓王啊？我搬了个梯子，慌愣愣地冲出来。我在院子里走来走去，很不自在。我说，这话你和我说不上，我家姓赵！这伙人聚在一起，悄悄地对了对那张纸，然后问，这不是王秀玲家啊？这时邻居家的王姨已经跨进门了，见了我的面，她尴尬一笑。那个笑很短，只有一两秒钟。后来我才知道，王姨是他们的同伙，两边唱的是一出双簧，而且在长阁村已经唱了好几回。到我们家这回，她是说破了嘴，却落得个用力吹网兜——白费劲。我妈是个硬骨头，横竖不肯，说这是老祖宗留下的，后院还埋着我爷爷呢，爷爷不同意，她做不了主。

但人心在暗处，深不可测。等我爸妈下班回到家，一看房顶被人掀掉一半，我妈说，咱豁出去吧，反正房已经拆了，咱过去跟她拼了也不能让他们好过……话说到一半，我妈在我的肩膀上重重拍了一巴掌，打得我一个趔趄。我听到她倒在地上，抽搐着上半身，口吐白沫，后来知道是急性脑梗死，当初我们并不知道，我爸拉上平板车就往医院跑，我扶着，在路上，我妈的下半身已经凉了。从医院回来，我爸气急了，闹起来，带着我翻墙去找王姨理论。谁知那王姨一点不怕，吐了唾沫在手心，撸起来袖子要干仗。我推了她一把，说，姓王的，我瞧见你了。她说，赵波，你瞧见啥了？瞧把你给能的，咱们村，谁不知道你啊，你个小骗子！我爸呢，也不知道从哪儿弄来一把菜刀，刀刃上还沾着芹菜籽和韭菜末，他死死攥着刀，没等到"进攻"，自己先哭上了。他的哭声很低，跟他那副大骨架实在不相符。

我爸叫赵金刚。他是丰宁一家风电厂的工人，负责吊装风电机。他们厂是政府为了解决满族人就业临时创立的企业，人不多，全厂上下也就三十来人。平均到他们车间，只有他和我妈两个人。我妈能干，同时负责调试和检查，相当于是我爸的上游和下游，起着引导和兜底的作用。说白了，我爸离不了我妈。他是个很不够格的工人，手艺比一个刚刚学徒的小工强不了多少。一般老师傅会做的活，不用说相定主机、制备导流罩、安装轮毂，给机舱罩设计模型还要计算尺寸和公差，这些他统统不会，他连吊车都开不好。当了半辈子的风电工人，只能干一些小工活。我爸这人原本话就少，一天没有两句话，老是闷不吭声，我家遭了横祸以后，他更是躲着人走，在单位的茶水炉上，灌两壶水，把茶水筛在保温杯里，一坐就是一天。他忘了他的活，吊车也就没人开。一个月之后，厂长拎着水果来家里了。他来了，我爸才把地上的砖头捡回墙堆上去，把碍手碍脚的碎瓦片归置归置。即便如此，家里还是四处透风。厂长进了屋，见了我爸，不说话，只是愣愣地看着我爸傻笑，后来我爸说，谢谢领导，咱服从厂里安排，谢谢。厂长走了之后，我说，爸，你谢啥呢？我爸说，厂里出面，给咱解决拆迁的事。我说，那王姨不是闹到市里了？她说咱们在拆迁时不老实，不服从安排，说咱们这样的人家不配享受政策，不配住新房。我爸说，厂长说他有路子，但他有一个条件。我说，啥条件？我爸说，让咱下岗，吊装还是有人干，不是咱了。

虽说如此，我爸还是下岗在前，上楼在后。下岗了快两年，我们才搬进了潮河北面的矮楼。那年我十三岁，身上开始有了变化，生了胡楂儿，长了阴毛。经过很长时间的缠磨，我爸终于答应带我去坝上看看。那几年每年都涝，出了村二里远，就是一片水泽，岸对过的老家看不见，什么也没有。

吃过晚饭后，我爸带我出了村。临行时我爸呷了一口老烧，也给我尝了一口。我们披着雨衣，带着手电筒。出村不远就没了道路。潮河涨起来了，到处都是稀泥浑水和一些我辨不清楚的野草。我爸蹚着水走在前头，拿手电照着，一一指给我看，哪哪是羊草，哪哪是金莲花和蓝刺头。那天晚上月亮很扁，不窄也不宽。月光皎洁，照在野草间的水上，一片片粼粼波光。水草里虫鸣蛙叫交织着，填满了整个夜晚。父亲走在前面，他的呼吸声是细细的，有点像穿过树林的微风。

我感觉走了很长时间，才从水坑里钻出来。翻过了两个山冈，爬上一个斜长的土坡，我爸说这就是坝上。往下看，一大片旷野，黑的，地势越来越低。他横着一摆手电筒，用光指给我看，这边有，一、二、三，那头有，一、二、三、四、五……儿子啊，这些都是风塔，雪白雪白的，好看不？他说，这就是风塔，是我和你妈半生的心血。

我爸脱了雨衣摘了帽子，又脱掉了腰间那条裤头，赤裸裸一丝不挂，他的阴毛花白了，在月光下荡着，像是被人踩脏了的春柳絮。他握着手电筒，顺着山脊的方向走。这条路父亲走得很熟。后来，他自己折了一根树枝攥在手里，斜着往下跑了几十步，把树枝插在风塔的边上，又爬到另一座山头去看它。迎着月光的一面，河水铺平了一切，背光的一面，没有水，平沙一片。眼中全是高高低低的山丘，不知从哪儿来，不知往哪儿去，一座一座的，撞到了一起，扭在了一起。望着这浩浩汤汤的世界，我爸也有些惶然。

他见我来了，把那根树枝拔了出来，松下脸对着我笑。我说，爸，你走得也忒快了。他想了想，说，儿子，你知道山那头是哪儿吗？我们立在山上看了一会儿。发着愣怔的工夫，河水像是又涨了几寸。我看着我爸，用手电筒持了持他的目光，潮河以南，是一片寂寞的荒原。灰扑扑的，没啥好看。他说，不对，再往南，那儿是怀柔。过了怀柔，就是北京。

从一九九一年到一九九八年，连续有八年的时间，春来夏去，时光倒流，我经常爬到坝上看北京。那时候，生命像是不会由盛而衰，没有过去，没有将来。后来我读完了初中，勉强上了中专，学的财会专业，毕业后在天通苑的一家售楼处发传单。我偶尔回家看看，也不知道跟我爸说什么。我听到我爸还在谈过去的事，国共内战、土地改革、大炼钢铁、伟大的毛主席……我妈走后，他像是一个人留在了过去。

这么些年，他从来不去北京看我，只在暗地里搜罗了我的传单，悄无声息地贴了一墙——北京各区县的房产消息。他用这种方式在了解我。因为我的关系，他甚至成了我们村第一个知道"房改房""经适房""商品房"的人。风电厂倒闭了,他们这群工友倒是没散,有事没事的就找一个饭馆,叫上几瓶白的,围炉而坐,听我爸唠唠北京的房子。

有一次我过年回家,碰上他们的聚会,我爸把我也带去了,说是叫我给他长长脸。那次饭吃到一半,恍惚之间,他突然掏出一个猪肝色的小本。他咽了个酒嗝,掀开第一页,念给大家伙听——根据《中华人民共和国宪法》,为保护房屋所有权人的合法权益,对所有权人申请登记的本证所列房屋,经审查属实,特发此证。河北省承德市丰宁满族自治县,房屋土地管理局!他提一个,再干一杯。他说,有了这本本,谁还敢忽悠咱?工友们鼓掌。我说,爸,你喝多了。他说,儿子,我没喝多。我,把咱家的房子交到你手上了,你啊,拿好了,争取用它给咱换一套北京的房子。

这件事一晃过去了二十多年,我由一个小青年变成了一个中年人。去年年初,我从天通苑调去了将台路,在上风上水的北京东北角——房价最高的阳光上东小区做上了销售经理,还用这些年的存款按揭下了一套刚腾出来的一居室。付了首付之后,我回过一次老家,在村头上碰到我爸。当时他肩头挑了一担水,正往南,朝着风塔的方向走。他没变样,多少年都是那个样子,高大结实,沉默寡言,一到了地方,擦起风塔的底座来,还是没完没了。

第一章　开始

去年年底,我在办公室接到了一通电话。

电话里,一个女人找我的同事周仓。她说,周经理,我姓彭,我老公是麦克。是这样的,我跟着我老公十年前移民去了美国,留下几套房子在咱们小区,一直都是您帮忙打理的,很感谢,但是他最近有点反常,一声不响地回国了,他想卖掉这些房子,可我不太愿意,所以我加了您的微信……我打开手机,微信聊天里果然蹦出来一个陌生人,全名叫作"彭玉清"。

我点开她的头像一看,照片里的人比我年轻,瘦弱纤细,不算漂亮,但是人很和善,搂着身边的外国男人笑得很甜。我想了想,在那通电话的最后说,彭女士,我这边马上要开个会,先不说了。单单是这样一句,恐怕开罪了客户,这时我觉有一点义务要尽了,既然我做了"周仓",就要做好

"周仓",于是我又拿起电话,小心地加了一句,我非常拘束地说,这件事我放在心上了,一定会再联系您。

一天之内,十个电话里总有八个打到我桌子上,是来找周仓的。周仓是我的上级,阳光上东小区的负责人。周仓油头滑脑的。油,说的是他在这小区的资历,资格老,看头势。阳光上东小区有两千七百三十七户房子,他认识里边一半的业主——豪宅、复式、三居室,再往下数才是两室一厅、一居室——他按照房产的价值分排出了三六九等,没钱的人在他那里就是毛坯房,他都懒得多看一眼。滑,说的是他的做派。自打我来了阳光上东,他守着业主群不让我进,微信甩给我几十个租客,都是短租看房的,有打工人,也有明星,据说我们小区的明星很多,可我数了一下,好像也并不认识几个。周仓把持着大头,什么好事都紧着他自己,我因为不说话,时常暗地里吃哑巴亏,而后来我们交恶,原因是他隔三岔五地来截我的胡,抢了客户,还去领导那边给我穿小鞋,所以这些电话打到我这里,我不管真假,是真有客户找他,还是他故意玩我,我都是一个态度:接,不回。从不记录,从不汇报,也从未走漏一点风声。

那天下午,电话又响了,还是一个陌生的号码,我接起来，礼貌地说了你好，我说我是周仓，那边沉默了几秒，像是忙音，又像是在犹豫，说，周老板，前几天给您寄了太庙艺术展的请柬，不知道您收着没有？我端着电话走到大厅，招手叫来了周仓的实习生，小米，我让这孩子帮我找一下。这孩子跟我一样，经常受周仓的欺负，我心里边向着小米，他的委屈，我知道。小米把周仓的工位翻了两遍，最后在书桌紧里头找到一张薄薄的贺卡，镂空鎏金工艺，手写的邀请函，精细极了，堂皇的不像是周仓的东西。我把那张请柬拿在手里，确认应该没错。我跟电话里的人对了一下，我说，今晚六点半，故宫太庙，对吧？他说，来吧，来的都是熟脸，听我老板说，好几位都是您的客户，您来了还能拉拉生意。我说，你老板是谁？他说，您逗我呢？还能是谁，麦克·哈里斯啊。

北京的冬天，天黑得特别早。临近傍晚的时候，我穿着皮袄，戴上帽子和手套，从地铁里钻出来。走了大概有十分钟，就到了南池子大街。我不知道自己为什么而来。那天的风很大，街上荒荒的，空无一人。我一路贴着边走，过了北湾子胡同，远远地看见太庙东门外立着一个人影，一手提着风雨灯，另一只手轻轻呼扇，扇去灯罩上的浮土。我走近了，太庙和故宫只隔着一堵墙。庙大极了，黄琉璃瓦顶红墙身，自南向北有三重门——一进山门先有一条汉白玉甬路，上了道，推开殿门就是满目的黑白摄影，这是享殿，皇帝们兴办祭祖大典的地方；拾阶而上，紧跟着便是寝殿，再往里，是祧庙，一层一层地挂满了照片。主展厅是在享殿，大殿两旁的小屋摆着炭炉、茶水和点心，这两处是客人的聚处。像我这样的普通人，在平日是绝不会进来的。大殿里很黑，很冷，殿中央，有一张作品用绒布盖着，布上覆着射灯。看这照片的位置，太正中了，要不是做展览，这里本该是供桌，理应奉养一些老祖宗的牌位。世室、重屋、明堂、太庙，祭祀向来是我们中国人的头等大事，我想不通，什么人能在太庙办一个摄影展？我不信，什么照片能好到"配享太庙"的程度？一个人，一张相片而已。我凑近了，刚掀起一个角，想要一探究竟，就被人叫住了。我一扭头，看见一个穿汉服的人。

才发现他是在掸雪，下雪了。他看见我在远处停住，提着灯便迎了上来。这人穿一身汉服大氅，脚蹬一双厚底皂靴，他说，敢问阁下尊姓台甫，府邸何处？我活了心，头一次听人这么恭维我。我说，不敢不敢，周仓，阳光上东。话不在多，我像一条不太体面的小狗，随着这位"台甫"入了庙。

这边有请，周仓先生，他冲着我一作揖。我看看他，想了一下，好像也并不认得他，就回答，您好。他递上来两只建盏，让我随便挑一只。我从来没有见过这么精致的茶杯，很小心地摸，又紧一紧手。他说，您尝一口，两个都好喝。我说，喝茶？他说，不是茶。我抿了一口，冷的。他说，是酒，鸡尾酒。我也不答话，只顾喝。他说，您认识麦克多久了？我说，哦，有几年了。他说，今天的酒都是他选的，每个客人都不一样，您喝的这一款叫"安徒生花园"。我说，哦，我卖的房子。他说，调酒师是他从美国专程请的，纽约 Soho House 的王牌酒保，说他一杯酒就值这个价——说着他连翻了五下手，看那意思是一杯五千，要不就是一杯五万。我大概还没有从酒里醒过来，听见那人问，只微微点一点头。他说，我们老板找您是为什么，您知道吧？听说是为房子，但老板的事你知道，咱们不好多打听的。我说，他有个老婆是吧？他说，有的。我说，中国人是吧？他觑起眼睛溜溜我，说，说曹操曹操到，等着，我给你看样东西。

有些画面是我永远忘不了的。那天他给我看的，是一张照片，黑白的，女人的形象映现在太庙的正殿中央。那么多的照片，我只看见这一张。一个温柔娴静、观之可亲的中国女人趺坐在地板上,清水脸,单眼皮。她一手托腮,把眼睛推上去,成了吊梢眼,别有一种冷削的风情。她的身子宛若一片白瓷。棕黑的沙发,油黄色的官帽椅、圈椅,却照得像古铜。沙发套子上浮出青白的小花,一股脑儿地蔓延到身后两个青瓷大罐上。

她很美,美得跟个静物似的。细细去看那背景,灰褐色的屋子里零零落落地布置着乳白的定窑、粉青的玉器、漆器、铜壶、香炉、佛造像,照片里一样一样物件分得开开的。庞大的屋子把小小的她四面八方包围起来,她用一双既深沉又忧伤的大眼睛,默默看着我。这时候,后殿里远远地走出来一个外国人,鹤发童颜,六七十岁的样子。我猜他就是麦克,因为大殿上下里外,宾客们见了他欣然雀跃,溜溜儿地簇拥上去。他们拉着他的手,满脸含笑,问长问短。他们的笑声打着旋儿,一浪一浪将我推了出去。

我不敢多待,恐怕被人识破,于是背着人群往外走,走到一半,我听见有人在问,麦克,你老婆呢?玉清怎么没来?随后,我就听见刚刚接待过我的那一位,他说,你好好看看,照片上的人就是玉清。另一位说,真好看啊,跟个仙女似的。

我提着公文包,不敢回头也不敢旁顾,穿过金水桥,扑进西长安街。我打一个寒战,吐一口气,心里感到轻松多了。在街灯的照耀下,雪也一粒一粒地放起光来,蛰伏了很久的小鸟,合着雪影飞出来觅食,吱吱咕咕的。继续往前走吧,我一边走一边骂自己:赵波,你是来北京租房子住、工作、过日子的,你一个数着脚印走路、处处加了小心的人,怎么会说这些没谱的话?我放缓了步子,回过头,太庙已经被我落在身后,但刚刚那女人的神情,她的目光忧郁动人,好像是一位什么信徒似的,一直保留在我脑海中。

在想象她之前,我首先想象的是她的房子。

三室一厅,南北通透,采光好极了。在一个夜晚,我梦游似的跟着她上楼。上楼做什么?参观她的房子。出了电梯,黑灯瞎火的,我闭起眼睛,却能感到她的存在。她那时候心府轻快,完全跟孩子似的顽皮,伸出一只手来勾住我,我吓了一跳,但在黑暗中,她没有给我犹豫的时间。我有点不好意思,擦着汗说,冬天的工服就是不太好脱。她说,让我来。随后,她脱掉我的上衣,把我按坐到床上。我这时候才解开腰带,她只翻一翻手就把我的裤子拽了下来。一大串的门钥匙散落一地,她笑着问,你怎么有这么多套房?

我没回答,两个人重重砸到床上。

很快又到了年底。应该有一个月的时间，中间我给她发了几条信息，她都没有回复。元旦之后，休假回来，我在晨会上收到她的微信，她说，周经理你好，我想我改变主意了。我说，你想要什么？她没再说话。我点开她的头像，心里一沉，她把头像换成了太庙展的那张照片。会后，我和周仓到大区领导的办公室，坐下。领导补了一句，周仓啊？我和周仓齐齐答应，我甚至比他还快一秒。领导看见了，说，你们一个片区俩"周仓"，这是怎么话说的啊？周仓说，领导，房子主要是我在卖，赵经理就负责我的后勤，我们是——你中有我，我中有你的关系。领导说，周仓，可别小瞧了赵波，人家以前在天通苑的时候，就是一把好手，能压众，有口才，房子卖得呱呱叫，而且人缘特别好。周仓用眼梢瞟着我，说，那可不怎么？我们赵波好着呢，浑身都是宝。

隔了两天，我们又开晨会。会开到一半，小米推门进来，他说，有人要找周经理。周仓说，是客户吗？小米说，看着不像，是个小孩。周仓说，多大的小孩？小米说，四五岁吧。周仓想了想，说，赵波，你代表我吧，替我跑一趟。之后我离了席，果然，等我走到门口，一个小男孩抱着皮球敲了敲门。我把门推开,他朝里看了看,说,你就是周仓?我点点头。他指了指东北方,出了小区,沿着河边走,有个阿姨在坝河公园等你。我说,那阿姨长什么样?他说,那个阿姨怪怪的,不爱说话。我说,叔叔路不熟,你给指指道。他说,好,说完拍起来他的皮球,一溜烟地走在我前面,我把公文包夹在胳肢窝下,揣好手机,跟在他身后。

坝河在我们小区的东北头,是亮马河的一条分支,过了河就是丽都水岸,我们片区另一个高档小区,据说有明星住在里面。可这两个小区之间,隔着一大片待拆未拆的平房,也可以说是棚户区,再往南才是坝河公园。一条河,隔开两种生活,北岸的人过不来,南岸的人也过不去。

我在南岸的公园里,一棵柳树下遇见了她。她的手放在兜里,两只耳朵冻得通红。我从树后蹭了过去,她的眼睛一直闭着,把头靠在长椅上。我在她身旁坐下,坐了一会儿,她还闭着眼,不动弹。又过了一会儿,我把手搓来搓去,小小声说,彭女士抽烟吗?递过去一支。她接了我的烟,放在嘴里,我用打火机帮她点上。她抽了一口,咳嗽了两声。我说,没事,抽两口得了,暖和暖和。她说,北京的冬天真冷啊。我说,你什么时候回来的?她说,麦克先回来的,差不多有一个月了。我说,你呢?她说,我不重要。我说,看着麦克对你还行啊,他把你拍得挺漂亮的。她嘬了口烟,没说什么。我说,那什么,对,我去太庙了。沉默了一会儿,还是我说,你这趟回来是为了房子?她说,嗯,北京的房价又涨了。我说,疫情过去了,北京还是北京,没有啥能击垮全国人民在北京买房的热情。她说,麦克有八套房在阳光上东小区?我指指公文包说,对,你们在安徒生花园有五套,在滨河花园还有三套。她说,我不看,你就告诉我,加起来一共多少钱?我说,按照现行的市场价,你们的房子价格都是在四千万到四千五百万这个区间……她转过头看我,顺手捻掉了她的烟,说,一半是多少?我说,一半?她说,如果我跟麦克离婚了,我分一半,那是多少?我说,好好的,怎么想起来要离婚了?她说,是麦克,麦克出轨了。说着她睁开了眼睛,一对黑极了的瞳仁,两眼黑黑的没什么眼白。她说,我给你十万块钱,你帮我一个小忙,好吗?我顿了一顿,抬起头说,为什么找我?我帮不上你的。她慢慢退到河边,一边走,一边说,你可以的,你看起来像个好人。

  我第二次见她,是在三天以后的晚上,她把草拟的合同带过来,说,周经理,为了保密起见,我没有写内容,你要做的很简单,就是帮我跟踪麦克·哈里斯。我说,真到这一步了吗?她不作一声。我说,开弓没有回头箭,你可得想好了。她手指一指,说,一式两份,您在这里签名。我低头看了一眼合同,一张普通的A4纸,没有抬头,也没有日期。我说,作为过来人,哥劝你一句,谨慎点,别把婚姻当儿戏。她说,哥,我不会算计,你帮我这一次,我永远记得你的好。我说,你不算计,就不怕我拿钱跑了?她说,别说这些了。

十万块钱,扎成一捆,也就两斤多点。

两斤多点,压在手上,不过是四个苹果,一袋精面粉的重量,或者是供销社的两大勺,两斤白酒,刚好够装两瓶"农夫山泉"的。我之所以知道两斤酒的量,还是要说回我爸下岗以后,有那么一两年,他常独自在幽暗的房间里发呆,也养成了默默喝散装白酒的习惯。家里的拆迁款,大头的留着给我上学,剩下的全被他造了。有一次我放学回来,家里找不见他,村里也没有,后来我骑着自行车绕到坝上,发现他在风塔底下睡着了,打着呼噜。他手边撂着两个矿泉水瓶子,是他用来装酒的。回家的路上,我帮他拎着酒,他走在前面,一直扭脸看我,他说,给我吧,得有一斤呢。我说,咋的呢,不就是一瓶水吗?他说,啊,可不就是一瓶水。

和她达成协议之后,我一直在想这个问题——这么便宜的买卖,为什么会找上我?像她这样的阔人,不缺朋友,她的世界,自然也不缺我一个闲人。翻来覆去地想,后来我捋出了三个原因:两个跟周仓有关,一个跟赵波有关。一方面基于他们两口子和周仓的关系,她觉得周仓认识麦克,万一功名不成,被麦克揪住了,周仓也有得解释;第二,她知道周仓有求于她,这批房子一挂出去,就是一等一的房源,周仓铁定会求着她签独家代理,到时候决定权在她手里,周仓是苍蝇飞到驴胯上,必须抱好这个大腿;第三个原因才轮到我,赵波,按照她的说法,我是一个好人,而且她也许不知道,多可笑啊,连我自己也不相信,只是因为一张照片,我已经喜欢上她了。

她很有意思,不用银行卡,不用转账,只用现金。她就叫我回家去等,第一笔,十万块会在明早送到我家门口。她好像无所不知,要不是因为她,我不可能知道周仓在全小区最新最贵的安徒生花园有一套房子,两室一厅,南北通透,全明户型。那一晚,我守在周仓家门口,坐在陌生的台阶上,想得最多的是坝上的家,那片我经常去的草原、那条河,想起我爸永远喝不完却还永远在喝的白酒,我窝着脑袋,睡着了。

她的形象在我心中开了花。梦里,我带她去看河,潮河。她问我,河有多深?我说,钱有多多?两个缺少主语的问句,一个奇怪的梦。在我醒来之前,她对我说,我可以用钱把这条河填满,你能吗?我说,我不能。然后我就醒了,手里握着一个牛皮纸信封,不知道什么时候她来过了,但我知道,这是两瓶矿泉水的重量。

我接了这个活。

不过,在讲述我的跟踪任务之前,我想先聊一聊小米。

小米是一个大学生。二十岁出头,娃娃脸。一年前,刚认识他那会儿,他跟我说起过他的大学生活,他念的是中文系,大学四年,写了一抽屉的诗,谈了一个女朋友。听小米说,那个女朋友最喜欢的作家是萧红,刚好和他是老乡。而且小米聪明文雅,念诗时声音非常好听,到办公室时特别沉默安静。

有句诗,不知道是不是他写的,但常常被他挂在嘴边,他说,诗歌是用语言复制灵魂的一种方式。我说,我不懂。他说,哥,你没读大学是对的。我说,那不是。他说,学来学去荒废了,啥也没学明白,就学了个寂寞。我说,这我听懂了,那不至于。他说,哥,你知道萧红吗?萧红是我们那儿的,女作家萧红。我说,你哥不成,学上得半不拉拉的,中学课文只会背一句"红军不怕远征难,万水千山只等闲",核心思想只知道一个"八路军把蒋介石打跑了",书本不说的,另外还有许多就不知道了。他说,够了,够用就得。

他们那儿的人相信,萧红是一个传奇,而在他们的故乡呼兰河,有的是传奇。一百年过去,呼兰河还是那条河,萧红笔下的十字街也还在。他小时候住的房子,就在萧红中学的西边一点,离着十字街不到一里。他说,在他五岁那年,呼兰河冬天刮大雪,一连刮了大半个月,雪越积越厚,最后压垮了他家的房梁,雪砸下来,把他的炕床砸出一个洞。他咂摸着,这便是老话说的——"人在家中坐,祸从天上来"——历过这一劫,他是什么都受得住了,很有些山里孩子不怕狼的意思。那一晚,他说,他妈带着他躲进了家边的一座祠堂。他们进去的时候,祠堂里已经住了十几口子,人们面朝东坐着,东边立着一盆火。数九寒冬,无家可归,流落在这儿的全是穷人。有的是捡破烂的;有的带着个残废孩子,一看就是在火车站结伴乞讨的;还有的说不清楚来路,一张铜色的干巴脸，他看见你进来也不让，把脸贴在东墙上，占着热乎气儿，闭上眼打盹。还有啊，祠堂里的神像都用黄布挡着，四大天王，分开立在东西南北四角，不是缺了只胳膊，就是少了条腿。西墙上有一块黑板，上面写着两个粉笔字——"办社"。我说，办社可就早了，这庙怎么着也得是上世纪五十年代的。他说，不久，十字街上开始闹鬼，至于闹的什么鬼，鬼长什么样，有许多种说法，但传得最厉害的一种，是说这座庙里死过人，"文革"时被批斗成"右派"的一个人，是个老铁匠，留过苏，技术上很过硬，据说大炼钢铁那会儿，他一人就能把化尸炉改造成炼钢炉。闹鬼了，很多上夜班的人都瞅见过。有一阵子，你只要是单身走夜路，摸着黑，一路摸到祠堂的门口，你就能听见周围有打铁的锵锵声，仔细一看，只看见两条腿和一把刀在移动，上身没有……小米说着，从裤兜里翻出来一张餐巾纸，吓了我一跳。他徐徐展开，用笔勾出了刀的形状。一把牛耳尖刀。鬼，他不敢画。他说，后来有人拎起一桶狗血，贴着墙边把祠堂浇了个遍。哥，你猜怎么着？然后他就发现，东墙边上的老头不见了。那人的地铺上，被单没了，只剩下一张烂羊皮。

小米讲得口水乱飞，他接着说，哥，我干了一件事，这件事连我妈都不知道。有一天夜里，小米趁着他妈睡了，披上那块皮褥子就往外面跑。别提了，痒啊，那块羊皮里面都是虱子。他没跑远，到了街口，找了个门墩缩着。天太冷了，他正在那里哆嗦、哼哼，就有一个人影轻悄悄地，犹如一只金钱豹闪了进来。他知道时机到了，倏地钻出了小巷，脸一下子就被强光给照亮了，四面的墙壁和房顶，仿佛都跟着他一道显了原形，吭哧瘪肚地发着慌。后来闹到派出所，抓他的人找来他妈，捋清楚了情况，知道他是"激情犯罪"，并非蓄谋已久，也就未加追究。他问了问祠堂里失踪的那一位，烂羊皮的主人，民警也是毫无保留，告诉他，这人在被捕之时就已经没了。啥叫没了，他咋没的？装神弄鬼的时候，被人正当防卫给捅死了。他干啥要装鬼呢？警察说，那人不知道是听谁说的，听说萧红中学西头的祠堂要拆迁，怕被人撵走，没地儿去，一时出此下策。故事告一段落，小米看着我说，那祠堂到头还是给拆了，哥，你说他不是白费劲吗？说完，没等我回话，他转身走了。

　　小米会讲故事，但这事儿有个前提，就是他必须对着一张熟脸，换了生人，一概不灵。这孩子认生，他对着客户憋上半天，连个屁也放不出。头三个月，他只签了一个单，卖掉八号楼的一个开间,买家还是我帮他找的,我前妻的一个亲戚。他不是不知道,地产销售有一条流水线,背调、电销、接客、带看、评估、报价、谈单边、收钥匙、谈独家、开单、回访,白天工作起来好像不是要卖一套房子,而是要把灵魂一点点碾碎了,捏成客户想要的形状。

到了晚上,他还要守在电脑前面,盘点房源,把大大小小的房照,一趟一张地传到端口。月亮升了起来,小米的影子映在墙上,墙上有张"阳光上东小区全域楼座图",贴满了"置业顾问"的小红旗子。小米是"实习顾问",有责底薪,阶梯佣金,月入三千块。像他这样的实习顾问,名头虚,数量多,每个月都要辞退几个。辞退时,大区经理并不说话,只是在月底搞一回团建,清一清小红旗子,点一点实习顾问。要是哪位被点到了名字,立马就明白,他是没戏唱了,必须卷铺盖走人。当然了,事先总要有一点风声,不然我也没办法插手。

在我们认识的小半年里,我前后救过小米两次。先是在四月,后来是十月。十月那一次,差点出么蛾子。小米跟了半年的客户跳单了,他的业绩完不成,找到我。他说他在八号楼有套房子,独立间,一居室,房龄虽然老了点,但是公摊面积小,得房率高。他说,哥,要是你买了,我转手就能帮你租出去,你信不信吧?实用面积一百平方米多点,只要七位数。哥,你还了房贷,一个月还能赚个千八百块的。当时他手里攥着一本书,昏头昏脑地来回翻。我不说什么,接过他手上的书,打开一看,原来是《呼兰河传》。

十月底,我们俩打出一个配合,他前脚刚挂上房源,我后脚就交了定金。我要做的,只是在房产本上写我爸的名儿。我说,小米,哥信你,房子不看哥也要了,但是有一样。他说,哥,你说。我说,周仓可不是好糊弄的,开单不好写我的名儿。他掏出一支笔,说,您言语一声,写啥不是写。我说,你就写——"赵金刚"。

自从有了这套房子,我和小米的关系更近了。他帮我在坝河北岸的老旧小区租了套房子,手续办好后,他又帮我搬家,叫了货拉拉,请了装修工,里屋外屋打出三个隔断,把这五十平方米生生隔成了两室一厅。他沿着墙边走一圈,敲一敲,分出来实心和空心,这样倒好,省事,他无非是在空心墙上"做文章",打上钉子,挂衣服,挖出格子,做壁橱,横竖伤不着墙体。打剩下的木料,他找人钉了许多钉子,立在玄关处做鞋架。我的鞋子不多,面朝里,底朝外,只挂了半扇墙。他还送了一双鞋给我,亮面的漆皮皮鞋。新鞋上了墙,鞋底贴了一张白字条,写明这双鞋的保养方法和合穿场合。

那张字条我反反复复地读——"走六小时寂寞的长途,到你头边放一束红山茶"——当时我并不知道这话是一个诗人写给萧红的,但我确实穿着它走了很久。这双鞋,大多时候我舍不得穿,一穿起来就舍不得脱。春天来了。我穿着这双鞋跟踪麦克,一周之后,我又穿着它站到彭玉清面前。

春天的旱柳,一嘟噜的新芽支棱着朝天。我们面对面站着,河边像是没有人一样安静。她披着一件卡其色的风衣,和上次一样散着发,敞着怀,里面只穿一件抹胸,胸脯很薄。在我们之间隔着一张公园的长椅,长椅上摆着一本《呼兰河传》,我在等她的时候打发时间看的,她来得突然,我来不及收。她手里握着一杯咖啡,看了一眼,挨着这本书坐下。她说,你也看萧红啊?我说,啊。她说,这本写得最好,《生死场》我也看过,太正了,没有这本好。我说,不懂,什么意思?她说,你也写故事吗?我想了想说,那太难了,我就卖卖房子。她对着坝河画了一个圈,说,不难,好的故事通常都有三个阶段——开始,离别,重新开始——它们首尾相合,合成一个圈,就像是生命的轮回。在这里,有无相生,难易相成，万物自然混成，生命通过朴素而达到永恒。

我以为她会聊起她的爱情，但是她没有。我劈开两条腿，一边听她说，一边用双手很有节奏地拍着膝盖，一些前言不搭后语的话从我的嘴巴里吐出来。我说，我跟了麦克一周，没有什么特别的，他的一天特别平淡，甚至可以说是无聊。这个人是个工作狂，他早上五点起床，摆弄电脑。她说，回电子邮件。我说，对，五点起床回电子邮件，七点吃早餐，一般是在路上吃，七点半左右到公司，八点开高层会议，九点到十二点面试新人、商务谈判，十二点吃中饭，下午稍微松泛一点，一点到三点就是检查工作，四点他会出一趟门，有时候是去国贸打壁球，有时候会去朝阳公园对面的基督教会，估计是去做礼拜，但他很守时，六点之前准会回到公司……她打断我说，所以你跟着他进了教堂？我一紧张，脸上红起来，鼻尖冒了点汗。我说，不会，没听说过谁在教会搞外遇的。她说，那就对了，像是他在外面的作风，老不正经了。

有一年她跟着他回英国，他们在伦敦唐人街一家中餐馆吃饭，麦克捏了一下女服务员的屁股，他以为她不知道，但人家女孩收银的时候把她叫到了一边。我说，然后呢？她说，那女孩当场甩给我一句话——"幡杆灯笼，照远唔照近。"

我说，听不懂，什么意思？她说，人家说的是广东话。后来她回到纽约，在唐人街找人一问，才知道这话是在提点她，让她留神灯下黑。我说，哦，灯下黑，男人嘛，我觉得你也别跟他计较，睁一只眼闭一只眼吧。她说，你收了我的钱，什么也不做，就想让我当睁眼瞎？我说，不是，咱们眼见为实啊。她说，没有闹过离婚的人，不会明白。我说，你怎么知道我没有？她没有回应。

话说到这里，明显说不下去了，我也不好再说什么，本能地将身体向后仰去。这时有人从后面搂过我的膀子，霍地把我向后拉去，那人的身后还有人，他们一水儿地看着我。我回过头，是小米，他遛着七八条狗。哥，你搁这儿谈恋爱呢？姑娘，谁啊，介绍介绍。他觑着眼睛往里看。狗群里有一只认出我，柴犬，像是八号楼我们家租客的狗。它狂吠了一阵之后，挣开狗绳，冲出来挡在我们面前，好家伙！小米追上来，在抓它的时候，脚一滑，手一松，放跑了所有的狗。一片乱糟糟。他是你同事？玉清熟练地抱着狗，站了起来。狗在她怀里很乖，一点也不认生。我说，真对不住啊，把你的事给搅和了。她说，没什么，是我找你帮忙，不赖你。说着她把狗交给我，一只眼睛朝河边看，小米还在远处疯跑着，追狗。我说，刚才说到哪儿了？她说，不知道。我们互相看了看，是我先低了头。我说，那啥，麦克那边有我盯着，教堂我会再去的。她说，知道。

麦克总是独来独往，我又跟了他一周，没有什么收获。到了周末，小米来找我，他骑着一辆电驴子，大灯和脚踏板很旧，过去也没见他骑过，我怀疑不是他的。那天，他戴着"野马牌"头盔，弓身坐在防护罩里，穿着一身荧光黄的机车服。他让我坐在后面，然后使劲按了两下喇叭。我在他身后说，哎，你玩吧，我走了，还有事呢。他转回来，说，哥，别介，我有车我送你，你的事就是我的事。我拗不过他，只好上了车。他的破电驴在车缝中穿行，嘟嘟嘟的，好像水流一样。开上四环，支流汇入干流，河道激荡出水系。他问我，哥，咱们去哪儿？我说，顺着四环辅路走，过了朝阳公园桥掉头，右拐有个教堂，知道不？说着向前指了指。他说，你去教堂干啥？我一愣，说，我去附近办事，不进去。他点点头，说，我瞅着你也不像。我说，不像啥？他说，哥，没啥，只管办你的事去，我在门口等你。

基督教堂坐北朝南，门开在东风南路上。不算上西边的钟楼，这幢通体白色的楔形建筑，大致分成上下两层，一层和二层之间有长长的石灰石台阶。礼拜堂在二层，每个做祷告的人都要爬一段坡，一如在朝拜山门，而我就坐在山门口，石阶最顶上那一级。如果麦克带着姑娘从二层出来，到这里，我们刚好能撞着，如果他们走得隐蔽点儿，改从一层走，我这个位置更是形胜之地，高高的，一览无余。不知道待了多久，我想走，可又不敢走。快到傍晚，还不见麦克出来，风吹起来，吹得我浑身发抖，我突然意识到，如果麦克没来呢？如果他死在里边了呢？我是不是会一直等下去，然后不是冻死就是饿死？

春天也能冻死人的，只要等得足够久。后来我掏出一支烟，夹在嘴巴里，点上，慢慢地抽。这时我看见远处有一道黄色的闪电，正在向我靠近，我便不动，立在原地等着，只见那闪电飘忽着，一点点地近了，是小米，捂着肚子来找我。他一颠一颠地爬上楼梯，见了我，说，哥，憋不住了，我得进去上个厕所。我低了头说，别进去，我这儿马上好了。他说，哥，你蹲了快三小时，我就进去三分钟。之后他把礼拜堂的门打开，撩开帘子，钻进去了。我在他身后喊了一声，哎，小米！他摆摆手没理，嘟囔了句，不行，不行，拉裤裆了……过会儿，他二二乎乎地晃出来。一倒边的话从他的嘴里吐出来，我是一句也没听懂，他的话就像纸屑从碎纸机的出纸口喷出来。

我听了好久，才听明白他似乎是在对我陈述自己的见闻。

他说他看见了一件怪事。教堂里面不大，只有一个顶天立地的十字架，十连排的祷告椅，几把小凳子。他正在周围转，到处寻方便的时候，撞见了一对老夫妇，准确地说，他是先看见那个老先生的。一个金发碧眼的老外。他看见那人坐在一只红木盒子前面，不知道在做啥。我想到那应该是忏悔室，就是教堂照片里常常出现的那种。他继续说，见到他进了门老头很慌张，他没看见老太太，只瞅见她的一双手，老头紧紧拉着她的手。那个木盒子很各色，他没见过哪个木盒还能装人的，开玩笑吧，那不成了活棺材吗？我问他跟那俩人说什么了没有，他说有。他解完大号出来，再次经过他们，他凑近了，问那老头，会说中文不会啊？老头瞪了他一眼，转过头继续和他老婆说话，是老婆吧，反正他在说，他们什么时候要走，带多少钱之类的。

这一下我完全明白了。

当时忏悔室里面有两个人，除了麦克，还有一个女人。

第二章　离别

过了春节,我爸给我打了一个电话。老家一切都好,没有什么重要的事,他就是想跟我交代一声,杜丽丽回丰宁了。

杜丽丽是我的前妻,我们离婚也快有十年的时间了。电话里,我爸说,丽丽来家里看我,还问起你,问你怎么样。我咬一咬嘴说,我,我能怎么样?我爸说,丽丽那是关心你,她没咋变样,长了点肉。我说,她那个开服装厂的小老板呢,没跟着她一起来?我爸说,听她讲了一嘴,说是不让我告诉你,他们这几年的生意不顺利,你也知道政府的活不好干,上面领导一换,他们的货就要烂在厂里。丽丽现在把北京的房卖了,给人做代工,勉强撑着吧。我不说话。我爸说,儿啊,金盆打水银盆装——原谅,你就原谅了她吧。我还是不说话。我心里清楚,"卖房养厂"一定是她的主意。她这个人心眼硬,认死理,遇上了事从不商量,也不忍让。

十年前的晚上,杜丽丽收拾好了行李,坐在我的面前。当时我正在客厅看电视,某一年的春晚吧,不是二〇一二年就是二〇一三年,有刘谦变魔术的一年。我没关电视,眼睛虚望着，望了半天，说，你这是要出门？她说，赵波，我爱上别人了。我没说话。她说，你要不要看看他？我摆了摆手，还是没有说话。这时候她开始脱衣服，一层一层地脱，后来她索性光着身子蹭过来，斜斜地站着，半仰着头，她说，赵波，你是男人吗？要是男人，你怎么就不想知道他碰过哪些地方？我低低地说，算了，大不了我不看电视了，我回屋。她抖着膀子推了我一把，不许我动。我沉吟了一下，说，实在不行，咱就离吧。她一下火了，满屋子当当地走，走进厨房，发现菜板上放着一把切水果的小刀，她拿着刀出来了。事后我一直想不通，她为什么要用水果刀割腕，如果她真的求死心切，她不应该用橱柜顶上的菜刀吗？那天，她伸手划拉了一下，很轻，但是有血滋出来。她当着我的面，像撒米，像撒盐，一点一点地把血顺着胳膊抛下。血弄得到处都是。她说，赵波，有血的地方就有他，他都干过。后来我只是静静地看着她，没有问过他是谁。在我走出房门之后，我听见她坐了起来，拨通了120。

这么多年来我都不曾向我爸甚至丽丽爸妈说起这件事。久而久之，我也不确定是否真的有那么一回事，还是那仅仅是个梦？是我用来缓解离婚失意的一则借口？但它让我觉得婚姻这档事没劲极了。

日子久了，心里是松开一些，后来我也遇见过一些女人，有同行，也有保姆、美容师和网约车司机，她们当中也有不错的，适合搭伙过日子的那种，但是我们始终没有走向婚姻。在她们的身上，我始终没有碰到爱情，直到彭玉清出现。

这段时间，我一直在思考，我到底应不应该帮她？她也许真的会卖了房子，分了钱，然后跟麦克离婚。从普通朋友到夫妻，从夫妻再到陌路人，现在人对待婚姻的态度变了，仿佛婚姻原本就是儿戏，一扬鞭子就没影儿的事。所以她不催我，我也不去找她，任凭她的事横在我们之间，飘来荡去的，一晃到了三月。三月底，我实在没办法了，我不能继续等。我恍恍惚惚觉得，这是命当如此——让我抓到一个证据，坐实了麦克的外遇。

有一天，我正在小区里走，才走到主道上，便道冒儿咕咚地出来个人，吓我一跳。是小米，我看了他一眼，笑了，我说，小米，你眼睛怎么了？小米迎风掉泪，眼边红红的，而且不住地眨巴。他说，哥，你别这样，谁没长过针眼啊？我说，你小子，一定是看了什么不该看的。他说，还说呢，从教堂回来以后就开始长了。我说，你这是撒娇还是耍赖？

他说，赖上你了，你给我算工伤。他吸了一口气，针眼在睫毛上动了动，吐气，又说，我要去周仓家送个东西，你陪我走一趟呗。我说，送什么？他的针眼朝下眨了眨，我看见他脚底放着一盆花，花骨朵儿白得像玉，像羊脂。他说，这是客户送给老周的昙花。

周仓家的门很好认，白色烤漆门。进了屋里，小米让我脱鞋，于是我掏出来一双鞋套，他摇摇头，说，不成，里边铺的羊毛地毯，哥，你别戴套儿，摘了吧。我干干地笑了一下，说，嗯，活该你小子长针眼。关上门，从外往里，到处一看，就知道周仓这些年的底子是很厚实的。单是玄关处的一组泰山五供，如果不是赝品，就值不少钱。往里走，客厅也非常敞亮，少说得有一百多平方米。往北是一个很大的休闲区，柚木地板铺地，整整齐齐排列着莹润光洁的家具，有餐桌，有吧台，有沙发，有组合柜和投屏电视。南边是阳台。阳台靠窗摆了一溜月牙白的盆栽架。其中花架最高，四五尺的样子，上面摆满了花，有芭蕉，有海棠。我说，这么老些奇葩，难不成都是咱们客户送的？他说，嗐，送了花也没用，咱们周经理，一分钱不带让的。我说，要不人家外国人说了，资本的原始积累往往伴随着罪恶。他说，老周的罪恶主要在于折腾我，就说这房子，他限我一个月之内给他租出去，不然的话，他让我滚蛋。我说，胡扯，你的转正申请是我亲自交的。他把昙花放上花架，随后探头朝窗外看了一眼，刚说了一句"别提了"，他就突然背过身来，眼睛瞪得溜圆。他不说话，一个劲用手比画着，叫我把灯关上。我看着小米，心里疑惑，关灯就关灯，他慌什么？这时屋里黑了下来，昙花的新叶绿绿葱葱。我透过一片叶子看到，起初我以为那是幻觉，怛然失色的一幕，飘飘然，昏昏然，可那不是，我分明看到了麦克和他的情人，他们的形象久久不散，灼得人脸热。我把手机伸出窗外，缩着脑袋拍了一张，望一眼，又拍一张。小米举着手机爬了起来，说，哥，我也要拍。我说，你拍什么？他说，哥，完了，我的针眼永远好不了了。我说，什么？他提了点声，说，那光腚那个，就是上回我在教堂遇着的那人！

那天晚上我们大喝了一顿。在周仓家楼上的天台，我们造了一打"纯生"和三瓶"青岛"。小米这小子酒量不行，喝多了就念诗，一口一个"狗日的"。狗日的，我穿过大半个中国去睡你。狗日的，打从那一个神给我们套上了十字架，肉体、大理石、鲜花、维纳斯，狗日的，我只相信你。狗日的，他说，我还有一句萧红的，哥，你想听不？我扭脸看着他，他的脸红得像喝了假茅台的关公，我打了个酒嗝，他趁机亲了我一口。

小米说，我明白了，哥，你谈恋爱了。我说，得了，甭把你想干的事安我头上。他说，这么着，你现在把我想象成你喜欢的姑娘，就上次河边那个小姐姐嘛，想象啊——你跟你喜欢的姑娘，大半夜的，坐在天台上喝酒，是个啥感觉？我说，哆嗦，齁老冷的。他说，你就感觉咱们这儿，这大北京，这……普天之下都是王土！小米轻轻地动了一下，却站不住。我托住他的腋下，提他起来。我说，米儿，知道哥为啥要来北京吗？他说，听你说过一嘴，哥，你老家的房子被人骗了。我说，对，我要把他们欠我的给挣回来！

后来我们海来着喝，喝大了，没知觉了。小米用我的手机给彭玉清编了一条微信，我躺在天台的边边上，侧目看着他，动弹不得。狗日的，这小子在笑，我想我完了。最后他喝光了瓶里的酒，喊了声，回信儿了！喝到舌根发硬，声音一哽一哽的。他说，哥，牛×了，人家姑娘让你找她去呢！说完他趴在地上吐了，手机摔出去好远。

等到我醒来时，已经是红日初升，我低头看一眼手机，对话框里空空如也。彭玉清撤回了昨晚的信息，我不知道她到底发了什么。

这时，我听到远远地有人呼唤我的名字，我大声地答应着，一会儿，小米拎着豆浆油条从楼下上来了。他说，别琢磨了，去吧，我都替你看过了，人家在青城山等你呢。我摇摇头，轻轻地说，别开玩笑，吃饭，吃完开会。他说，哥，没会开了。我说，咋的呢，老周没了？他说，哥，你是在梦里让我给你请了三天假，咋的呢，酒话啊？然后他掏出两根油条，一铺扯，摆在豆浆的前头。

不过这一次他变了调。他说，哥，勇敢点，挡在你面前的，从来不是这样式儿的大江大河，而是你自个儿。

那天下午，我又带一拨人看房，看到一半我就走了，为了赶上飞成都的末班机。飞行的过程我一点也记不得了，好像在飞机上睡着了，醒过来的时候已经是午夜，和我一班机的人都走了。机场很空，太晚了，连网约车都没有。我下了地库，拦了一辆出租车，说，去青城山。司机说，青城山哪里？这时候我才揩一把眼睛，翻出手机，点进朋友圈，找到她，说，青城山普照寺。

普照寺不在青城山上。从山峰这一面,有车路上去。进山有一道岗亭,司机停下,问了问,才得知前面这座山名叫"七峰",后来有人提出"七峰"不雅,不如改叫"青峰",向一方水土借一个"青"字。到了青峰山顶,最高处是后门,不是山门,山门早早地关了。我取下行李,来到后门口,敲了敲那扇木门板。仰头一望,门板上高高悬着一块匾,上面写着"乾安"二字。看清了,人也就醒了。

不一会儿,门开了。一个瘦得出棱的老头,敲着竹杖出来了。那时将近三点,寺中只有他一个人看门。这人灰衣僧袍,蓄发留须,说僧人不像僧人,说居士不像居士。他的眉头一直没松开,见了我,没有查问,也没有打听,只是在我进门后"砰"地关上后门。我说,老师父,不对吧,我是来找人的。他没理我,拐杖在坡路上颠颠簸簸地游移。我跟着他往寺里走,一直走到门房。他叹了口气,继而又是一阵沉默。门房搭在后门与坡路之间,对着一大片荒地,黑洞洞的。门牙子上生遍茅草,还有青苔,这块太潮湿了,密匝匝的苔藓长进墙缝。空寥寥的房间里,横摆着一张上下铺。他和他的床都沉没在黑暗里。老人在一旁用竹杖轻点着床栏,抬起头,深深地看了我一眼,然后我看到他从竹杖上撑起他的手,翻进床栏，很奇怪，那一晚我没听到任何声音。

第二天，他早早就把我叫醒了。我惺忪着眼，出了门，随着他往膳堂走。普照寺依山而建，虽说不算大，前后高差却有十来米。最高处是后门，紧挨着老师傅的门房。从后门进来，逐级经过了藏经楼、钟鼓楼、观音堂和大雄宝殿，最低处是南面的膳堂。我又到膳堂里看了看，僧人们都在吃早粥。好大一个膳堂，至少坐得下六百个和尚。不，说跑了嘴，应该是女师父才对。普照寺上上下下尽是女师父，这里没有方丈，只有师太。师太们统统穿着褐色海青，头戴六角僧帽，三两围坐一桌，静静地吃粥，不出一点声音。我看见玉清也坐在里面，想跟她打个招呼又不好打，她套了一身竹布长袍，素雅好看。看了很久，想了想，我提醒自己，这次可不能怂，就差临门一脚了。别怕，来都来了，说说话。于是我趁着打粥的工夫，背对着僧众，小小声喊了句：彭玉清！一回身，我看见玉清微微点了点头，她正端着她的粥，像是在山涧凝望一棵树。

天刚刚擦亮，寺内无风。一时没人说话，我跟着她四处转转，一路溜达到山门。山门明间正中供的是弥勒佛，背面立的是韦陀塑像，次间两侧佛龛内有四大天王，次间前壁分立着哼哈二将。两金刚头戴宝冠，横眉怒目，面色可不大好看。玉清不走了，频频看着金刚的眼色，我也不催，只是略略用眼尾扫着她。后来她走到哼哈二将的面前，站了一会儿，对着哼将，她说"哼"，对着哈将，她说"哈"。我接着她的话茬说，哼哼哈哈哼哼哈。她笑了，把我叫到一棵树下，抬头让我看看这棵树有多高。

树干通直。在小椭圆形的细叶中间，显出淡绿微黄的颜色。我想这便是南方的春天，春的全盛时期。她看看我，说，来了？我低下头，说，来了。她从上衣口袋掏出一颗糖给我，我小心剥开包装纸，一尝，是米花糖。她抱了一下树干，抱不住。我说，粗，有年份了。她说，你信吗？这棵树和我有血缘关系。我说，一早就看出来你是妖精变的。她又笑了，说，不是，这是我先祖栽的楠树，快八百年了。我说，哦？她说，到了民国的时候，我们家的先人还在这儿种树呢，青城山里边有个"椿仙行道"，说的就是我太爷爷彭椿仙的事迹。听我父亲说，我家这位太爷爷很耿的，杀过人，得罪过军阀。他一辈子就守在这里，问道，修仙，三十多年，立下一个规矩。我说，什么规矩？她说，欲访椿仙者，需在游山道旁植树一株。谁来了也要照办，管他是冯玉祥、于右任，还是蒋介石。我说,不想您是名门之后。然后我很尴尬地笑着,不知说什么好。她说,没那些讲究,现在咱们都是平头老百姓。说起来,五十年以前,普照寺大拆过一次,革委会来了,带来了生产队。那是一九七〇年,从山下收水稻,到山上掰玉米,他们整整拆了六个月。近千年的木头,砍倒了,也运不走。后来,实在没辙了,生产队架起一条溜索,把寺门前的大楠树拴上钢绳,一直牵到山底锁龙桥的大银杏树上。寺里的一切,包括梁、椽子和木板,连带着新砍的楠树(我查了资料才发现,这些全是价值上亿的金丝楠木),通通滑下来、接住、卸掉,再用架架车运出山去。她说,所以我每年都来这儿,看看树,相当于祭祖了。我看着树说,年年都来吗?她说,啊,在国外就没办法,回国了肯定要来的。

从山门进来,回到寺里,玉清说,忘了问了,你昨晚睡在哪儿?我指了指后门,说,看门的,有个老头接济了我。她说,哦,那是老马。走,先做早课,他的故事,咱们后边说。

晚上吃饭的时候,我们趁着最后的亮,一气儿下了山。山路还算好走,多是青石板路,路的两旁种着楠树。走到半山腰,她开始讲老马的故事。这么多年,老马一直待在寺里,白天打扫,夜里看门,逢年过节都不带回家的。我说,这人悄没声的，问他什么都不言语。她说，你不知道，他不是不想说，他是说不了，老马是个哑巴。当然了，这些事她也是听师太们说的。

据说二十年前老马初次来这里的时候，他还不是哑巴，那时候他非常虔诚，是个年轻的香客，还有头发，也就四十岁出头，他拉扯着他的老婆，两个人一跪一叩首地爬山路，一天一夜才来到观音堂前。他的女人怀孕了，想求一个儿子。到了来年，他们果真如愿以偿，在插早稻的时候得了一个男孩。孩子有了，家里的稻子还是要种，而且种得更勤更多了。女人种水稻，主内，老马跑单帮，主外。又过了两年，有一天，大概也是在春天，一天早晨，老马出去了，留下女人和小孩在家。早上，女人把孩子放在浸种用的水盆边，就出去晒种了。在青峰山，浸种是山下农家的平常事，老马他们相信，只有浸过种的水稻，发芽率更高，芽也更壮。晒种在屋前的空地，浸种是在屋后。等哑巴女人想起孩子来，她看见水盆边上没有孩子，才知道，这下坏了。她没有马上起身，抱起孩子，又在水盆边坐了好几分钟，手里还攥着一把稻种，既不敢扔掉，也不敢搁下，后来她终于站起来跑向村里的小卖部，不知道是不是老马在半路赶到，截住了她，总之，她的种子撒在土路上。她疯了似的打电话，打给医院，打给老马，她有话说，可她说不出来。再后来，他们葬了孩子，女人就搬到寺庙了。老马上山来求她，接她回家，她不肯，老马喝了一瓶农药，哑巴了。经历了这些事，老马是观音菩萨看人，慈眉善目。她说，你来了，他见你是个善男子，他就帮你。我说，善男子啊，我吗？她没搭话。到了山脚下，我们在木栈道上坐着，歇歇，不发一语。

天渐渐地黑下来。她指给我看一座桥和一棵树，她说，桥是锁龙桥，树是银杏树。在桥与树的中间，藏着一处剔红色的房子，像是历史的一道暗影。她在山上给我讲的两个故事，我琢磨了，后来挺难受的。不知道为什么，那天我挨着她，几次想提麦克的事，却都开不了口。后来她把手伸进我的怀里，握着，靠了过来，说，明天咱们就下山吧。

隔天下山，大雨滂沱，寺里的门海都被灌满了。

白雾犹犹豫豫的，雨声啰啰唆唆，我们一前一后撑着伞走在雨里，脚踩着楠树的落叶，哗哗地响。走到山脚的时候，王清的身体好像突然垮了下来，我不用看，就知道她有心事。后来她停住脚，远远地望着桥对过的红房子，见屋里还亮着灯，她便卸下她的背包给我。背包很重，压手，少说得有十来瓶矿泉水的重量。她说，我再求你一件事行吗？我说，你说。她说，对面那个房子看见了？我点点头。她说，你拿着这个钱过去，去买一块罗盘，要是店主开高价，你就听着不还口。我说，咱们最高能出到多少？她拍了拍书包，说，一百万。这里头有一百万，但记住一点，你必须说你是诚心问道，非要请这块罗盘不可，罗盘的名字叫"先天八卦"。我说，要是钱不够呢？她说，不会。你心里有个数，量入为出，剩下的钱归你。正说着话，四野里响起一阵怪声，吱呀如裂石，把我们引到路中间来。她于是不再说，走两步，挪出雨帘望望，立马钻回来，脸上失了色。沉默了半晌，她一张嘴，先推了我一把，去——你去！我背上书包一看，从红房子里走出来个老头。

雨声不绝。红房子在雨中像一个小岛，三面环着山，门前有一条河通到普照寺。河水沿门廊打一个湾儿，潺潺而过。老头八字眉，三角眼，脖子很长，一个很大的喉结，随着他说话上下颤动。他说，你是道友，还是檀越？我说，都不是，嗯，但我感兴趣。他打量打量我，用脚跟把流水落叶往外推推，然后从腰里摸出一个烟袋锅，点着烟，吧唧吧唧吸几口，他说，来了就是缘分，不拦你，你自己进去看看吧。

我梦游似的拉开门,看见里面昏黄的走廊里,两边天花板上各系着一盏水晶玻璃灯,灯下是奇珍异宝,瓷器、玉器、竹、木、牙、角、文房四宝的朗朗乾坤。这么些个好玩意儿,店开在这里,不知道图个什么。走到灯光相映处,我拿起一块玉珏,左看看,右看看,对着外面说,这块玉是什么朝代的,怎么卖?老人于是踱步进来,四处一望,说,不简单,年轻人,你还是有点眼光的。这块玉是汉代的,你细看,上面有蟠螭纹,你要,三十五万。我恍惚地说,好,挺好的,我再看看。

往前走,檀香烧空,香灰满地,烟熏着我泪眼婆娑,只看见路的尽头有一个水晶玻璃柜。我伸手指了指,说,老板,柜顶上圆圆的是什么啊?老头的态度立刻变了,他清清嗓子,提高了嗓门,小眼睛直盯着我,说,出来吧,这不是你该看的。我说,我大老远来的,就觉得跟它投缘,这么着,您开个价?他往前一探身,喷出来两股烟,冷冷地说,交底吧,你小子什么来路?不会是她派来的吧?我想了想,说,她是谁?他说,五行八作中,这么些个玩意儿,你偏偏看上了"先天八卦",它可不是你这样的人能使的。会使,还知道它的好,你且找去吧!全中国也找不出五个,而且都姓彭,你说,我能不认识吗？我说，您误会了，我真心想买。这样吧，一口价，五十万？他摇摇头。我说，六十万？他笑着说，你尽管提。我说，八十万。这时突然有人开门，我久梦乍回一般说，九十万……外面的人闯进来，是玉清，她把我使劲揪到门外，眼睛又放出光来，她说，爱卖不卖！不就是一个罗盘吗？这老头是个傻X，别理他，我们走！说完她冲出去，在地上捡起一块石头，回到红房子，把石头重重砸在门板上。

她继续走，我跟在她后面，过了桥，是一段不太宽的石头路，铺路的石头大大小小的，不规整，而且很光滑，不好走。我看见她一只脚踩在圆石头上，"哗"地一声滑了一下，我急忙上前搀扶，却被她挣开了手。

等我们打上车的时候，天已经有点黑了，但雨还没有停，空中尚有些银亮雨丝斜着飞，路上没什么车。终于开出了青峰山，司机说，去成都哪里？我说，市区。她说，机场。司机说，你们夫妻把号吹成一个调，要得不嘛？我没言语。她说，去机场。司机说，那就听老婆的，去机场，讲实话，这么大雨我都不愿意出来开，你们两口子交好运啊，碰上我，成都这附近常闹水灾，格老子嘞！水灾好像有周期，十年一大闹，五年一小闹。你们看，前面就是郫县，我就是郫县人，我们那里……这时候她拉开书包，抽出一沓钱，拍在司机的肩膀上。她说，从现在开始，你不出声，这些钱就归你。

司机说，你啥子意思嘛？她说，少废话，开你的车。司机瞪了她一眼，又瞭瞭我。我说，不带这么侮辱人的，你钱拿回去，有话好好说。这一下她急了，把气撒在我身上，说，这又不是你的钱，你凭什么管我？我说，玉清，咱们别这样，我知道你心里憋屈。她说，周仓，你知道我什么了？今天，要不是你坏我的事，那个罗盘我一早拿下了。我说，彭玉清，咱们讲讲道理，我大老远地来找你，你不闻不问的，一句都不提你交给我的事……整整三个月，我忙前跑后的，你不关心我，还不关心麦克吗？她说，周仓，这些话，你非得当着外人说吗？我说，彭玉清，你做人有问题，你混成今天这个样子，多半也就是你自己的原因。听着，我帮你捋一捋——我一个房产中介，对你有用，我就是人，他一个出租车司机，对你没用，咋的，他就不是人了？她的眼泪蹿出来，抹一把，没止住，乌涂涂地哭了。她说，周仓，我真是看错你了。我腾地站起来，脑袋磕到天花板，坐下，喊道，师傅，停车！随后车停了下来。打开门，我站在雨里，对她说，你找错人了，我不是周仓，我是赵波。

现在，我把心里的话一口气撒出来，我和她之间，再也没什么模棱两可的东西了。在这个连阴雨的地方，走了几个小时，我似乎有点明白了，在爱情面前，人变得很小，很小。有一种寂寞的力量，一种广大的寂寞，跟着爱情到来。

在一点一点暗下来的天空中，什么都显得无关紧要。一种绝对的感情从自然中来，它让你蹚起淹及脚踝的水，一直走，双腿不听使唤。它让你看到自己的将来，然后你就会接受在她身边既羞愧又卑微的事实，从此追随了她。你先是有点慌，来不及多想，再是释然，那时你就会看见她的相片，她毛茸茸的黑头发，她薄薄的胸脯，听见她说过的话，爱情是——开始，离别，重新开始——的往复循环，但是你没忍住，还要问，如果你们没有"开始"，是不是就不会有"离别"？

路边有一片大水。雨下得太大，看不清是湖泊还是水塘。一眼望过去，只有两个野孩子齐齐地站在水边，把一泡急尿哗哗地射到水里。我学着他们的样子，在大水的另一边，跟他们比比看，看谁尿得更远。这样的比赛，我小时候在丰宁也玩过，尿完了，我们沿着潮河边上跑。春初水暖，蹚过新长起来的芦芽和蒌蒿，穿过芦荻的穗穗，很快又是一片新绿，那儿就是我的家。

我回到红房子的时候,天已经亮了,卖古董的老头还坐在屋檐下抽旱烟,看见我踉跄着走来,咂着嘴笑了,他说,小兄弟,你的头在流血。我没有说话,进屋就抄起一对青花贯耳瓶,溜溜儿地提在手里。他急了,冲上来,他说,有种你就往地上砸,我不拦你!我没有说话,松开了我的左手。后面还发生了一些事,我不想多说,像是我说钱没带够,只好先给了定金,像是他说那一百万欠着,叫我一拿到书包就给他,我一边退出去一边说,反正,总之,我最后拿到了那块罗盘。我退出红房子,不知道为什么,我的上身都是血。一辆出租车停在我面前,车灯一闪一闪的,像是黄黄的水,黄色的浪头拍在土坡上。我想,没啥,水大漫不过山,我把整个身体压在把手上,"咣当"一声掀开车门。

上了车,我睡了一觉,而且连着做了几个梦,梦里边都是她在说话。

关于罗盘,她讲了一个故事。细节我记不太清了,大概意思是说,那块罗盘是她太爷爷彭椿仙的高祖,高祖的高祖,再高祖的高祖,一代代传下来的,传到她爸爸这一代,不想,最后被她大伯抢走了。她的大伯不是别人,就是卖古董的那个老王八。"文革"的时候,那人为了争罗盘,一口气,出卖了全家上下二十多口人，唱了一出兄弟阋墙……她只记得，革委会的人破门而入，在她家屋里抄检出三本易书，烧了书，带走了罗盘……诸如此类的话。等我醒来的时候，发现她睡在我的身边，闭着眼。

她喘一口气，轻轻地说，你好啊，赵波。

第三章　重新开始

我入迷地盯着她的嘴唇，笑容绽开，玉清说她下了决心，决定搬过来跟我一起住。爱情是这样的，就算前面是刀山火海，也要去闯一闯。我买了一个相机，给她拍了很多照片。她红着脸颊，微张的薄唇殷红，脖子淌着汗，坐在北海公园的小船上。我就坐在她对面，她拿过相机也给我拍了几张。我侧着脸，侧影看来也很年轻，发黑而浓密，只是鬓角有点白。

回到北京之后，玉清很快离开了麦克，至于麦克身边的女人，我们都已经排查过，确认清楚，那女的是个北欧人，现在是欧洲某国大使馆的文化专员。两人是在太庙的一次活动上认识的，后来又在教会偶遇，就好上了，已经好了有半年多。她在床上听我讲着,平静地,向着床头的一边翻过去。我看不见她的表情,但我觉得她不怎么伤心。她听了,怔一怔,也就把麦克忘记了,连同和他有关的很多事情。

我的家里有三个房间,说起来,还是小米帮我打的隔断。我们有时候在这儿,有时候在那儿,在里面,在外边。我说,玉清,租的房子小了点,委屈你了。她说,傻瓜,有隔断才好呢,每个房间代表着不同的生活。好的爱情就应该要有不同的房间,情人各自占着几间,这样,哪怕有一个房间乱了、垮塌了,他们还可以躲去其他房间。我说,那啥,我是你的哪间房呢?先别说,我猜猜,厨房?她摇摇头说,厕所。我看了看她,又看了看墙上的挂钟,说,凌晨十二点,阴阳交替,就算你是妖怪也不好撒谎的,我问你,都想清楚了,从今往后真打算跟着我吃苦?她无言以对,俯身在我耳边说,傻瓜,吃什么苦?卖了我的房,你就有钱了。我说,合着你现在没钱啊?玉清,你不是个有钱人吗?她说,不够有钱,还可以更有。我合上眼睛,倒在床尾睡着了。中途她醒了一次,说,赵波,咱们的事先别跟外人说,现在还不是时候,而且我在阳光上东小区的八套房,最好还是走私人洽购的路子。这样,你找买家的时候,多找点二套房的业主,哪怕是

"房哥""房姐"也没关系,咱们一锤子敲定,干净利索。我点点头。她又把我摇醒了,再问,赵波,二套房的首付款能有多少?我眯缝着眼,说,北京市区,百分之四十。她亲了我一下,说,四十好啊,不少,拿了钱,咱们就走。我说,走去哪儿?她说,美国。

大约一周以后,我和小米去八号楼收房,就是去年十月,他卖给我的那套一居室。那天我到的时候,小米已经在楼下了。我看他有点不对劲儿,他手里提着一个公文包,一进电梯就靠边站。我本来想跟他说会儿话,结果他慢慢退到了电梯后头,冷不丁地背过身,和电梯里的所有人背道而立,接着他深呼吸,吸,吐,吐,吸,做着长长的吐纳。等电梯升上去,上到二十三层时,他突然转过头来,吵吵一句,嘿,有个明星叫李什么来着,他就住这层!说完他按下二十八层,夹着公文包要走。出了电梯,我明显感觉到自己的脊梁骨里冒冷气。大家伙都在看他,目光灼灼。我拉住他说,你咋了?他说,你瞅见没,他们都盯着我。我说,都觉得你有病。他用一种难以形容的古怪表情看着我,说,哥,从前这个城市总是背着身,不搭理我,现在我好不容易为它转过身,掉了头,跟它一个方向了,可我发现自己又要走了。我要辞职了,离开北京。

我说，好好的，别闹，哥有个正事要找你。他说，哥，你的房子交给我，老放心了。我说，不是这事，还有一件呢。时间紧迫，我只能化繁就简，把玉清的情况简单跟小米说了。好在这孩子是孔明张嘴，一听就懂，他想了想说，哥，我帮你找房本去？我又说，那啥，不用原件，你嫂子家里边啥都有，房本、证明文件，她都有，只是她现在回不了家，取不了。他说，好说，我打着老周的名义给你弄去。我说，代你嫂子谢谢你啊。他说，哥，咋都成"嫂子"了？我说，嘻。他说，啥时候办事吧？我说，等她那边落听了，我不着急。他说，哥，不是办喜事的办，是办过户的办。我说，那啥，两个月够吗？他说，不用，离职前给你。

在北京，春夏秋三季是连成一片的。由春到夏，好像只是短短的一瞬间，前脚还在三月，后脚已经是五月。换季的时候，北方的雨一直下，下在乡愁的阴阴郁郁里，人也化作鱼。就在这水美鱼肥的季节，我发现了一个相当奇怪的事，说起来那是五月初了。

有一天，我跟着大区经理去四环边上的东山墅办事，碰巧路过东风南路的基督教堂。一路上经理兀自说话，说他看不惯周仓的为人,虚招太多,倒是觉得我不错,老老实实的,说他有意提拔我,带我出来就是一个信号。说着说着,我忽然插进一句,那什么,领导,我想上个厕所。借着这个别处找的理由,我晃开了经理,自己一个人去了教堂。这次,我终于进去了,从里到外走了一遍,我发现,四四方方的教堂里只有连排的祷告椅,没有忏悔室。

一个做保洁的阿姨经过,我赶忙拉住她说,大姐,你们的忏悔室呢?她呆看了我两眼,然后说,这里是基督教会,又不是天主教会,你找哪个?你要是不相信主,可以说你不相信,哪里来的忏悔室嘛?我被噎得够呛,仍在问问题,实木盒子,这样式儿的,我用手比画着说,大姐,忏悔室?她对着我划了个十字,说,阿门。

不知道什么时候开始,爱情变淡了,随之生活的细枝末节浮了出来。我们不再同时睡醒,同时入梦。我们不再聊自己的童年,说话也只顾眼前,跟房子有关的一些事。我常常惊讶于她的现实,有时她提到一个客户,名字和联系方式我早就给过她了,可她还是要问,她想要在最短的时间里认识最多的人;有时我在闲谈中提起我想不通的事,比方说教堂那一件,我问她怎么看小米,她听了也不搭茬,没有任何反应；有时我有一个强烈的感觉，我觉得她似乎在隐瞒什么，隐瞒一个不能被抹除的人，或者一段记忆。我不知道，又或者是，我们之中有谁不再爱了。

晚上下班之后走进家门，玉清拧开炉灶，打上火。我看见她正在厨房，埋头做炸酱。做炸酱说来容易，但要炸好也是个费工夫的活。上个月，我给她做过一次炸酱面，吃面的时候我告诉她，我们旗人小孩生出来，第三天必须"洗三"，为求一个"长命百岁"的意头。在"洗三"这一天，仪式还是次要的，最主要的一项就是请街坊们吃"洗三面"。满族人里边，有吃打卤面的，也有吃炸酱面的，各地风俗不一，我们丰宁这边是吃炸酱面的。我脱了工服，凑近一看，看见她已经把葱末姜碎给下了。她说，糟了，葱姜末下早了。我说，哎，跟你说了多少遍，葱姜预备着，但是不炝锅。她抔了一勺，喂给我，说，你尝尝吧？我接过一尝，品了品，说，你这酱沤得太久，没了香味只剩辣味了。她说，我也没放辣椒啊。我说，得了，你还没放花椒呢？她说，炸酱面不放花椒的，我是……我不耐烦地打断她，说，你不是号称四川人吗？她扔下勺子，说，赵波，你什么意思？

当时我脑子里特别乱，有两个声音在说话，我能做的只是复盘他们说的话：一个声音悄悄说，你认错吧，就算她在隐瞒什么，你选择相信她，又能损失什么？然而，一个更大的声音说，赵波，你这个人呢，太实诚了，别人说什么就当人家是什么，如果那些房子真是她的，她怎么能没有房本呢？两个声音交插着出现，直到我晕忽忽地做出选择，说出覆水难收的话来，它们才算彻底消失。

没有人该去冒这个险。正面对质的风险太大了，有些话不能说啊，永远要烂在肚子里。哪怕我不想，可我还是说了，我对她说，你到底是哪儿人啊？她说，四川人，你不相信我吗？我点点头又摇摇头，说，不是不相信。她说，赵波，每个人心里都有一些秘密，我的，大部分我都已经告诉你了。我退到一边，把刚出锅的面挑出来，挑到碗里浇上调料立刻进嘴。我没有拌面，吃得狼吞虎咽，她不说话，只是看着我吃。我说，逗你呢，真生气了？她还是不说话。过了一会儿，我说，不吃了，我带你下馆子去。她说，炸酱面不好吃吗？我说，好吃。你听我说，有个客户要买你的房。

那顿饭我们没吃成。实际上，那天之后我就失去了她的音信，她搬走了。虽然我给她介绍了二十一个客户，但是只帮她卖掉一套房子。她急着用钱，而我不够快，拖慢了她的进度。不说别的，就说房本吧，小米离职以后这事就搁下了，又过了半个月，我才拿到房本的复印件。我曾经试图找过她几次，我还写了诗，想靠着我的努力修补我俩的关系，可是她一个字也没回我。后来我的一个客户成交之前告诉我，她的房已经卖得差不多了，剩下两套朝向差点的不好卖。我说，她怎么样？客户说，这小姑娘咔咔嚓嚓的，开着宾利来接我们看房，看完了还给我们送家去。我说，她人很好。客户说，那咱也不是看人做事，你知道我，价钱不合适，人再好也没用不是？小赵啊，哥问你一句，她靠谱吗？我说，人格担保，你闭着眼买。

小米走了之后，周仓的房子就交给我了。大约是在七月初，有段时间，我经常带人到安徒生花园看房。每次要去那边，我就穿上我的亮面皮鞋，用小米的话说，就是"又支棱起来"了。我不知道我是为什么，一种本能，可能我是怕在小区里再次遇见她吧，一种又怕又想的本能。

入夏之后，我带过一家三口上来，推开门，花气熏人。客人说，头好晕。我清清楚楚地记得，那是个白天，我带他们到了阳台，连书包都不放，我们先去看昙花。那香味果然是它，小米送的那盆昙花开了。昙花真美啊，簇白簇白的，花心淡黄,淡得同月色一般。小孩子天真得很,最喜欢这样的花。在我身边,六岁多的女孩欢欢喜喜地抱起昙花。花盆底下摺着一张小字条,一翻过来,我就看见小米给我的留言——开始,离别,重新开始。哥,我们现在到哪一步了?——这时候,客人要走,我为客人找衣服,找书包,毛手毛脚打翻了身边的那盆昙花。花撒在地上,味道更浓了。我摆了一下头,蹲下去,把土里的字条揉了,死死攥在手心。

那盆花,我看了很久很久。我想就这样看它一夜,但是我困了。送走了客人,我在周仓的家里睡了。

睡着之后,我做了一个梦,梦见昙花开了。

我如何知道那是梦呢?因为我嗅到了一股热烘烘的类似牛马的牲口味,其中夹杂着一股腐草的气息。那味道腥得很,冲鼻子,显然不是昙花的香味。凭着一种古怪的感觉,我似乎在梦里动了一下,随后我听到暗处的狗在吠叫。远远地,一个花白胡子的老头跳出来。他搔着他的癞头走上前来,站在我的面前说,小子,还想学戏法吗?这一回,我看着他,盯死了他的手。说真的,我的眼睛从来没有这么亮过。接着他掏出两个硬币,都是银光闪闪,一模一样的。他取出来一个,放在我的手上。他说,跟我做,先是一摊。我说,跟我做，先是一摊。他说，再是一转。我说，再是一转。他说，接着换手，过它三——五回合。我说，接着换手，过它三——五回合。他稍微一晃，两手一甩，说，现在扣过来。一晃神，我漏了半拍。他还在等我。我很尴尬，只好抓挠说，现在……扣过来。我不懂。明明是打着灯笼做事，我一招一式地学，怎么向前甩手的时候，就不对了呢？再下来，他的手心空了，一点响动也没有，可我的手里分明还有东西。我一怔，当下抓住了他的手。他看着我说，小子，你不松手也没用，没了就是没了。

大伯给你看这个，不是为了钱，钱多钱少，咱不都一样过吗？大伯今天是要告诉你，这世上没有戏法，只有相信戏法的人。你相信吗？我慢慢地点头。

他说，只要你相信了，有一秒是真的，足够了。

一个月以后，我决定给彭玉清打一个电话。她一直没有消息，虽然我们已经分开快两个月了。我打她的手机没人接听，响了十几声之后自动挂断。

那天早上，晨会开始之前，就我和周仓两个人坐在会议室里喝咖啡。咖啡机坏了，打了一半不出奶，只有奶渣。他喝了一口，吐了，叫我去给他买一杯拿铁。我提议他可以找师傅来修修，毕竟这是公家的东西，大家伙有份出钱买的，他说不用了，实在是麻烦，叫我随便弄弄。我说我没有空，他像没听见一样，还在说他的拿铁。我说我没空。后来他还是喝上了拿铁，是我给他买的，我又向他请了几天假，说是要回老家一趟，他同意了。走的时候，我问了他一个问题，问他麦克·哈里斯是不是有个中国老婆。他听了之后，骇笑了两声，就把实际情况跟我讲了。他说麦克怎么可能有老婆，人家不好这口！而且麦克离开中国，也有好几年了，中间没听说他回来过。

没有不透风的墙。彭玉清的事终于传到我的耳朵里。

在老家的时候，有一天，我突然接到周仓的电话，在电话里，周仓说他摊上事了——一个女租客假冒业主，打着他的旗号走私洽，卖安徒生花园。五百平方米的三层复式只要两千万？赵波，这是何方神圣啊，你认识她吧？现在她八套房变现了六套，一次成交十八笔，买家里还有一个是你赵波介绍的，你，你别他妈的跟我说你不知道！刚才我们开会的时候，大区经理陪着房东，一个电话打过来，质问我到底怎么回事，问我手底下是不是有个人叫小米。按照人家麦克的说法，是小米先给他打的视频电话，然后他们才在电话里聊起了房子的事，小米把找好的买主叫了过去，在视频里就坐小米身旁，也就是那个谎称富太太的女骗子……俗话说得好，黑头虫儿不可救，救了就要吃人肉！这麦克可怜啊不该轻信了小米，只收了他们一千万定金，白白损失了八套房……麦克说了，要是抓不住他俩，你和我，咱们就他妈的等着吃牢饭吧！先赔钱，后坐牢，光是定金，定金啊，这俩骗子就收了三个多亿……后来我把手机开着，调成功放，周仓的声音便一路吐着，远了，近了，密了，稀了，飘过了草原。暮色如烟，缓缓地笼罩下来，水鸟齐着噪，一批批着落在风塔周围。

一个月以后，玉清主动找到我。当时我在坡上擦风塔，她来找我，垂着头，微微弯着腰，手里执着一根长竹竿，一下又一下，扎在浅浅的泥洼上。她突然走了过来，也不作声，一脚就把水桶踢翻了，盆里的水溅着了风塔。她满脸挂着水珠子，裙角淅淅沥沥地滴着水。等我拧身把她压在身下才发现，月光照到她昙花白的胸房和一把青的腰肢，我好像头一回真正看到了一个赤裸的女人。我跪在风塔底下，借着月光，一寸一寸地擦干净她。

后来，她在我们家一连住了五天。我们的生活朴朴实实，平平常常，和过去很不一样。她给我讲了小米年轻时扮鬼伤人的事，他在路上闹鬼被人捅了，没死成，出院之后改去她家那一片晃悠。打架斗殴，见谁打谁；江湖行骗，逮谁骗谁。我爸在一旁听着，没听清，接上一句，对，姑娘，你可得把眼睛擦亮了，别让我家赵波给骗了！那段日子，他俩处得特别好。我爸得空就给她包饺子，做炸酱面，吃喝全包。直到某天夜里，有人来敲门，我开门出去，听见她在背后说，是小米，一定是他，他要是问你，你就说我去河边了。我说，你去河边干吗？她说，埋钱，我骗他说，我把钱埋潮河了。我说，他这是亡命之徒，来者不善，如果他有别的法子，不会来找你。

十天之后，警察是在潮河下游，梨树沟附近，找到小米的尸体。尸体被河水冲进了一个桥洞。老远就听见訇訇的水声，桥上桥下，围了好些人在看。他全身是乌青的，肚子肿起，把他的皮裤都撑裂了。新闻上说，尸体的头脸被鱼群叮得稀烂，身份目前尚在调查中。大概是小米身上的皮夹克，被哪个桥头的拐角卡住了。我买了一份报纸，对比着看了看。我记不清自己被打了多少下，没处躲，也说不得自己打了小米多少下，只记得小米左手拿着棍子，右手揣着折叠刀，按道理，他如果能够速战速决，我绝无可能是他的对手。可惜在那个当儿，我们牙关紧咬，他偏要提起玉清，把横着膀子的我惹怒了。他说什么玉清骗了我，她也是呼兰河人……我突然发了狂，一脚把他踢倒在地，他想跑，我爬起来，揪住他的头，死死扣在水里不放。

小米的死，在我们老家引起了一阵骚动。隔天我爸给我打了个电话，我接起来，他说，他在河边烧了一大沓纸钱，全是烧给那死人的。我爸说他烧纸的时候，碰上了我王姨，也就是当年害过我妈的王秀玲。不知道她生了啥病，没人样，瘦得脱了形。我顿了一顿，然后告诉我爸，河边不干净，能少去就少去吧。我爸说，神叨的，死那人你认识？我说，爸，不说了，要登机了。他说，你飞哪儿呢？今天不是回家吃吗？玉清好吃猪肉茴香的水饺，馅我都拾掇好了。我说，先不回了，玉清要去成都，我陪她走一趟。

那一天，我用手头最后一点钱，买了两张去成都的机票。她故意和我岔开飞，没有坐同一班机，说是到了地方，她要先去见一个人，老马，她说那是她的父亲。她的眼睛还是那么黑，长睫毛忽闪忽闪的。

那是我们最后一次见面。

到了黄昏，我下了飞机打上车，直奔青峰山。走了一半路程，快到郫县的时候，天开始下雨，起初很小，后来渐大。路渐渐暗下来，雨水在天地间拉开了灰白的巨网。接着稠密的夜包围过来，沿着车头慢慢散开。我下了车，站在水里，寻找一处淋不着雨的地方，我记忆中的那个红房子。后来我蹚着水走过去，走近了，用力推开红房子的门。

房子里什么也没有。形影黯淡，黑沉沉、阴冷冷的。我一边走一边掏出打火机。打火时，一条狗从我身后窜出来，仗着雨势，叫了一声便撞出门去。打火机喷出的火苗把它给吓着了，而它那轰然一气的叫声，也把我吓了一跳。我抬眼去寻找那个水晶柜时，猛然发现，柜子被人搬走了。墙体残破，斑痕处处，水晶灯的位置也空着，天花板剥落了四角。在这些痕迹中间，有一张黑白照片。

在那张照片上面，同样的，什么都没有。光秃秃的墙，没有古董，也没有陈设，只有一个身穿昙花白色长裙的女人，环抱着一块罗盘端坐其中，她微笑着，看着我。

水缓缓地灌进来，绕着我走，退向远方，然后我抱起了相框，闭上了眼睛。她一身白衣白裙，从黑色背景里款款走下。

看她的样子，像是在这雨里等了我很久。

玉楼春

***

郑老师已经是八十岁开外的人了。

腊月二十三日过小年,家家户户赶制年菜,郑老师一个人在家,也知道一年到了头,熟练地"彩排"着新年。依着老北京的规矩,这天晚上家家祭灶王,孩子们穿上新鞋新衣,从天擦黑儿就开始放鞭炮,随着炮声把灶王爷送上天,焚烧下来的花纸屑扫作一堆,和着草木灰做松花蛋。转过天来,只等着除夕,白天醒来的时候,切一盘松花蛋拌豆腐,够她的孩子们吃一天。

郑老师小的时候,街上还有许许多多卖糖的,北派有麦芽糖、关东糖,南派有江米糖、粟米糖,逐一摊在卖糖人的麻布上,那是他的包袱卷。南方的糖他们轻易吃不着,她记得有一回,在西单还是西四,看见有人吃粟米糖,一一剥开,卖糖的人正皱着脸笑着,亮晶晶的糖壳洒在红彤彤的爆竹纸皮上。她和小伙伴都新奇地望着,绕过去看,又绕回来,翻翻兜,凑凑钱,把糖买了两块,一一接在手上,欢喜得什么似的。满街的红纸糊的纱灯,在远远的夜空中,看起来仿佛使这个城市罩着一层惺忪的光晕。

人潮渐退的时候,她就蹲在牌楼的柏木桩上吃糖,咸肉骨头似的慢慢啃,直到她的同伴过来,冷不防地钉她一句——"郑秀梅,再不用糖粘住灶王的嘴,他可要上天告你的状!"她这才咬下来半块糖,一只手摸着下巴颏儿,一只手忙着揣糖入袋,生怕被人抢了去。

然而,她很快就会明白,世间的许多事情与其说是偶然,不如说是偶然的结果。自从她认识了这个男孩以后,他们就再也没分开过。无数个小小的偶然,联结成了他们之间的必然。

七十年前的小伙伴,跟她一道吃糖的男孩,后来竟成为她的丈夫。

她和丈夫是发小儿。丈夫书香门第,原是望族。祖上都是读书人，做过翰林编修，参加过辛亥革命，参与过新中国建设。他们十岁以前，丈夫的父母在乡下避难时，教中小学生作文，教他们什么事情都能写。丈夫南方的故乡，几乎每日，他们都要到河边走走。有时车子渡河，没有桥，水里过，他们小孩子在岸上看，乐得拍手，最爱看那些赤着脚蹚水的新媳妇。水，蜿蜒地流过沙洲，沙洲上冒出一片灰绿的蒌蒿。她时常藏在那蒌蒿里面，在微风中不住地点头，数一数每天从水里过的车马牛羊。

有一次，她坐在洲上看见一位行脚僧，远远地牵着驴车过河，驴车上坐着一个姑娘，非常秀气。那人见到他们，停住脚，题了一副对子。下联早不记得，上联是陶渊明先生的"愿在昼而为影"。丈夫得了问她："赶明儿你也坐驴车，我引你在前面过河？"她不说话。然而落了耳朵听，看看丈夫是不是真心的，还是随口说的漂亮话，那她也可以有诗为证。

她记得她第一次出城过河的样子。

大概是八岁的光景，想来也不能再小，但也确实不至于更大，因为八岁上，她母亲生过一场大病，据说是为着舅公一家子逃去了台湾，母亲病到两脚不能下地，后来想想，怎么想怎么不像一九四九年以后的事情。母亲久病未愈，把她寄留在丈夫家——第一次没有大人带她,她独自出走,一个很好的阳春天——那天上午,她的婆婆做了什么活计,好像是一双鞋,丈夫拿在手里,对她笑道:"我赌你没胆量把这双鞋送到你母亲家!"半推半就的,丈夫就让她去了。厚厚的布鞋捧在手上,一握,果然颇有些功夫,未来的婆婆居然会纳千层底儿!她平端着两只鞋,出城的路走得很得意,简直就像踩一阵风。

出城一共要过四座桥,第一、第二、第四不记得,第三座桥名叫"三里桥",桥是石建的,几乎没有地方可扶,桥下的河水深而急,她走在当间儿那个害怕,她记得,一脚跨过去了,那欢喜又是无量。

她的教育从乡下开始,同时也从这地方打下她生活的基础。

在昔日的那次旅居中,她自认为不会喜欢这里,因为她不是一个泥土气很重的人。可事实上,她一来就被这个地方迷住了。乡土的经验告诉她,最短的路未必是最好的,少走一点捷径,所以她过河时故意慢一阵,且绕了极远的三里桥回去,就这样一个人轻轻走着。

丈夫曾问过:"为什么你老是一个人走呢?"

"不知道啊，"她说，"我总是想，你也不能陪我一辈子吧。"

丈夫笑了笑，便不再说什么。

***

她的丈夫，在六十岁上，病死了。

她比他大两岁，以为会死在他前头，可是没有。奥运那一年，下雨天为了抢修场馆，丈夫在雨中走了许多路，一场感冒把他给带走了。接到电话的时候，她确实有些怅然。赶到医院的时候，手术室门外，竟没有人的哭声。她的头发沾着水，重重地贴在她的脸颊。走廊里非常寂静，地板上横的竖的许多痕迹，但死了人是没有错的。因为医生摇着头走了出来，大半张手术台用着不太干净的白布盖了起来。按照习惯，里面应该停放着死尸了。她径自走了进去，招呼儿子过来："我刚刚着了慌，不该同意医生插喉管的，插了管，你爸怎么吃粟米糖，你爸他没有，没有糖不行的……"这一句话她重复了几遍，满头是汗。而手术台上的丈夫始终没有答应她。

现在，郑老师还住在学校分的房子里，两室一厅，不甚明亮。四下里放着半新旧的红木茶几、五斗柜、书架。书架上，放着鎏金的小弥勒佛。佛陀的旁边，是关公和她丈夫的遗像。腊月到正月，万象更新，关公面前摆着五碗红月饼，丈夫面前摆着五碗小塔似的蜜饯，里面供着粟米糖。财神、灶王的年画都安置在书架两旁，倒好像她的"一家之主"不是灶王，而是她的先生。她只在孩子们给灶王爷上了三炷香之后，才讪讪地过来，默默向遗照打一个问心。

从前丈夫在的时候，因为他写得一手好字，常替人挥春，她儿子因为字写得不好就在一旁磨墨。有一年，丈夫替隔壁范老师写了副"所以柳下季，三为鲁士师"，红纸是她和儿子买的。等到大年初一那天，他们清早起来赶去对门拜年，红日之下一看儿子贴的对联，两家人立马笑作一团，儿子不知道受了谁的旨意，大胆非常，竟在送人的红对子上涂满了小王八。等儿子大了，她和丈夫再来咂摸这两句话，仍然觉得所言不差。

她丈夫这个人有时说话真是坚决得很，同时也委婉得很，这几个字是他在说范老师的风骨，其曰"柳下季"便是"柳下惠"了。范老师有一种才能，可以和任何人，在任何地方，说最交心的话。他的嘴里没有假话，这是他本性使然。

这样的贤人自古少有，而他们的好友范老师和柳下惠恰好是同一类人。

郑老师和范老师是在大学认识的。他们是同学，学的都是中国古代建筑。课只上了一学期，就下放到山西朔州，连同郑老师的先生，三个人在地方师范教书，参与过应县木塔的修复。

天气晴朗的时候，离县城六十里地，便可望见一个粗壮的塔影，高高地矗立在龙首山脚下。距离越近，塔的轮廓就越明显。第一次上塔，他们由塔下往上望，先看到的是探出塔身的平坐，而塔身的格子门不太明显，突出的是一层斗拱屋面，又一层的斗拱钩阑，层累而上。它的模样要比远观时还大些，尤其离近塔身的时候，斗拱便成了全塔最触目的部分，似乎在外观上、结构上都是重要的部分，又因着岁月的把持，光亮得像一颗土红色的玛瑙了。

雨天的时候，木塔便是他们的遮蔽。走进一层南门，首先看到的是内槽门内一座高约三丈的大塑像。塔内光线不足，郑老师测绘时只能靠一把手电，打开门扇时手电的光透进来，正好照在塑像的胸部，由于塑像的脸、胸、手都涂成泥金色，在微光的映照下，佛祖的轮廓清晰可辨。比例狭高的塔内空间，只许郑老师这样娇小的人穿梭，她上上下下地量尺寸、画立面图，看过塑像，习惯了内部的暗淡光线，回过身来，才看清楚南门内侧站着一个男人——是范老师，提着灯在门口候着她。依他那么大的个子，行动起来多有不便，不知不觉中扑了一身灰，所以他只能"书斋清供"，在郑老师上塔时打点手下工夫。没人邀请他，他便自己记下木塔的形制，还在郑老师的图纸上留下他的墨宝，写什么——"辽释迦塔""同治五年重修佛宫寺碑记"这样的文字。

然而不出一年，郑老师成了家。范老师自己也好像渐渐懂得了什么，识趣地走远了些。他听了许多闲话，村里人将他们三人的关系说得有鼻子有眼的，既严谨，又奔放。起初在这件事上，老范的反应略略过激了些，骂他们一肚子的男盗女娼，骂他们不该这样说，可是日子久了，他自己倒也想通了，大大方方地搬回来，又住到了郑老师对过。村里人再说什么，范老师也不跟他们多磨嘴。

那年七月，郑老师同丈夫进城，经过老范家门口，屋子里走出来一位姑娘，一脸的笑模样，请他们进去坐坐。"哦，我知道，您指定就是郑老师？"说话的是一个农家女，瓜子脸，一双凤眼，宽肩而细腰，长得很肉感。被她这么一问，郑老师的脸色红得跟桃子似的，丈夫也笑着不过意。

那年十月，范老师办喜事，花了不少钱。他的新娘子穿了一身剪裁合体的红绸衫裤，坐着花轿进门，腰身、手、脚都好看，可是被老范领在路上，从来都是可有可无的，他的心像是在别处。慢慢地，有人嚼起了舌头——"老范不钻娘子的热炕，只烧灶台子的冷窝！"这话传到郑老师耳朵里，她的眼睛像是挑长了灯芯似的亮了起来。郑老师偷偷地找到老范，因为有一个急切的问题不得不问。

"你说说吧，为什么——不好好待人家？"

"我吗？"老范说，有几分愕然，"我吗？我——"

老范有些忧愁起来了。他在成婚之前，只关心一件事：就是喜宴上能不能吃到"春韭"。时令不对，春韭不好弄。这种草的根儿发白，是要用马粪在草芽儿上保温培出来的，找遍了，整个雁北都没有现成的。于是他推想春韭必定是在温暖的气候下培育而成的，把院子里做猪窠用的竹竿抽出来几根……他在空场上搭起个塑料棚。路过的人见了，一面走一面打听，这算是什么东西呢？不知道。有谁知道呢？

老范媳妇和他过了一年，给他生了个女儿。孩子六岁的时候，老范媳妇一病不起，老范当值壮年，终日替学校办事，郑老师一个人，忙了自己家，又跑到老范家守着她。病人正言厉色，谁也不敢亲近，唯独见了郑老师，声音变小了。看病吃药，一拖三年半，不知道花了多少钱。最后的夏秋两季，完全住在家。拖到回城的指标下来，两家人眼瞅着就要走了，老范的媳妇终于还是没保住。

老范中年丧妻，没有再娶。回到北京，学校里的事他一点也不关心。老范失掉了从前的活泼，这是很明显的。

二十世纪八十年代，学校给老范涨了两级工资，分一套房。临近分房，老范又闹出一些变动。本来说好的一单元，在最后关头又换成三单元。老范要求住在郑老师家对面。学校找他谈话，他不假思索，还是坚持。学校问："您这，唱的是哪一出？"他答不上来，只能很窘地回答："不，这是原则问题……不让我住我也得住！"学校不安了，都劝他想想。范老师不同意，贴大字报在校长门上。到后来，他索性搬了一把藤椅，就在郑老师家外面坐着，学校一天不答应，他就一天睡在门洞里，比谁都凉快。

所有人都拿他没辙，最后到底是郑老师有办法。

她打开自己家的炉灶，点上了火。一连几天，她一面用葱花儿、姜丝炝着锅，一面往锅里放春韭。孩子们闻香而来，纷纷问郑老师吃什么，不一会儿，锅开了，她让老范的闺女端出去一盘，只放不吃，正正搁在那人的"狗鼻子"底下。每天黄昏，她就教人送过去一碟新的。

那么老范也不再说什么，到了第三天，领了他的炒合菜回家。

***

郑老师的退休生活实在是平淡，她又不愿意把日子弄快一点。除了看放炮仗，看学生们跳操、慢跑、竞走、开运动会，还有些什么值得一提的事呢？——这些围着操场跑圈的学生年纪一年比一年大。

过教师节的时候，来探望她的学生也一年比一年多。每年寒假、暑假，算是桃李满天下了，可她没计较过自己的教龄，但凡有人来问，郑老师是哪年回来的？她自己也答不出。她丈夫大概是知道的，那时候他们建筑大学还叫个"土木科"，所以她只是说，那可就早了，我一直在这里教。好像自从盘古开天地，这里就有一个郑老师。

值得一提的事情不多，掰手指头数出来两件。

一个是郑老师丈夫的葬礼。八宝山的灵堂里，郑老师无目的地溜着眼睛。挽联贴起来的板壁，角落里已经有人在小声抽泣了。祭台没有摆正，钟没有挂直，而郑老师不住地把眼睛驻在几次都蓄意避开了的放大了的人像上。她的丈夫。出葬的时候就是用它镶着白花挂在灵车之前的。人们说这张照得可真像。人们不知道，这张照片底下还压着一张彩色照片，是当年他们三人在应县木塔前面照的。那段时间里，他们过得挺愉快的。"我是要走了，"丈夫在死之前对她说，"不然你就别找了，一心好好地跟他过。"郑老师时常要私下嘲笑丈夫这样不通人情的决定。然而把遗像请了回家，摆在佛陀和关公的中间，再看见照片上那个自信的微笑时，不禁有些犯渎的歉厄之感了。她又不是一个物件，怎么能凭他一句话相付他人？丈夫走了，郑老师觉得她这个家大了许多，空了许多。平日里糟心的事也有，但多亏了老范在，不卑不亢地替她交涉。

而她迅速地从照片上逃开了视线，因为她想起了另一件事。

更早了,那是在上世纪九十年代的某一个夏天。单看气候,那年雨季很长,一整个夏天都是淅淅沥沥的。放暑假,老范的女儿回来了,除了一箱箱的书,还带回来一个后生小子,一个大而粗笨的家伙。假日里男孩来家属区找她,她偶尔出去跟他看两场电影,他们便这样地相恋起来。范老师立在窗前,看见雨幕落下来,这一对小男女走过的窄瘦的巷子开始熙攘起来。学生们来来往往的,避着雨。他看见一朵明艳的微笑在自己女儿的脸上开放了。出伏以后,男孩上门来提亲。范老师一而再地说:"你们还小,小着呢!"实在推诿不过,他拿着男孩的照片过对门,征询郑老师的意见。郑老师再看看,扑哧一声笑了。"笑什么?""这孩子我认得。他是念朝的同学,来过我们家。"此话一出,男孩像是得到了郑老师的首肯,范老师也不好再说什么。转过年来,春暖花开,郑老师陪着范老师送女儿女婿出国。临到机场时,女儿喊了声:"爸,郑姨,你们好好的!"女儿一走,老范的眼泪就落下来。

这些,使郑老师留下深刻印象的,全都和范老师有关。而郑老师发现范老师不见了,是这一个月的事情。

往年腊八,她总要叫上范老师,两个人一起去西单市场买杂拌儿。这是年节的头等大事,老人小孩都喜欢吃这些零七八碎的,即使没有饺子吃,串门时,嘴里也不能闲着。再一个,到了腊八,范老师还会过来帮着泡腊八蒜,他自个儿家种的紫皮大蒜,现摘下来几颗,把蒜瓣放在高醋里,封存好,留着两家人过年吃饺子用。

"要想过年吃得好,就得先赶好小年。"

转眼又到腊月廿三,还是没有范老师的信息。

郑老师在校园里走了一圈。走到校园后头的小楼,也黑着灯。这小楼是老厂房改的,现在改做了乒乓球馆,开放给退休教职工,范老师没事就来打打球。她心里沉了一下,自己在球馆里坐一会儿,直到暮色沉沉,她才起身离开。下楼路过一食堂,她轻敲敲"丽姐窗口",窗户向上呼啦一提,暖风迎面吹出来,有人探出头来,吓了郑老师一跳,她怔一怔,又张开口,寒暄的话说了些,最后问起来老范。

丽姐说:"还说呢,腊月就没见他了!那范老师上个月还跟我老头子打球,说好了要送我们一点紫皮蒜,好嘛,这害我们一顿好等!"她说完笑了,颧骨动了动,往后一退,腾出来一双遒劲的大手,那是她的老头儿。男人露出大半的胳膊，理了理台面，往窗口的熟食盆添了几块鸭脖。

"呦，郑老师来了？"丽姐的老头说，"您要是都见不到老范，那我们肯定没戏。这不，连着两年了，一到春节放大假，学生们回家，咱们一食堂不开门，老范就来找我们公婆吃饭。也不知道他今年怎么了？兴许，是跟着他女儿去法国了？"

郑老师犯起了嘀咕："法国……这么突然，他走之前也没言语一声？"

丽姐忙说："郑老师，您别着急，时候不早了，让我先送您回去！范老师这能吃能喝的，放心吧，到哪儿都饿不着！赶明儿开春了，他一回来，您信不信吧，我前脚挂出去我的招牌，他后脚就能巴巴来排队买肉！"她说着，顺手给郑老师切了一碗肉，油纸包好，装进塑料口袋。

说话间郑老师走了，手里面提着肉，心里面不大痛快。

一进楼道，先闻到一股浓烈的菜香，她推开门，发现钥匙还插在门上。细想下来，原来是她自己忘了闩门。走进屋，一个女孩正站在油烟机下面炒韭菜。她看上去个子不高，笑的时候，一边一个酒窝。厨房中央吊着一盏圆灯，照在她的手上——只见她活泼泼地下了葱姜蒜，入锅，加上老抽麻油。

随着滋啦一声，油烟向上一蹿，之后她翻炒几下，关火。

到装盘时，她对郑老师说的第一句话是："您家的碗在哪儿呢？"

天已暗下来。那人一口气做了三道菜，连汤带饭，荤素搭配。女孩把话又问了一遍，脸蛋泛着油亮，带着喜色。郑老师实在是经不得别人请教，一二三四地点着个数，然后又一盘盘地盛了饭菜，帮着女孩摆到客厅。

"老师，不知道您出去了！"女孩说，"您手里是什么东西？都给我，我给您一块摆盘了。您走也走一半天，回家了就别拘着了！"

郑老师冷冷地搭一句："知道这是我家，可不知道你是哪位？"她正看着女孩，慢慢道出了儿子媳妇、孙子孙媳妇的特征，不提名字，试探着说，看她是不是认识。

女孩告诉郑老师她不用听这些，像她这样接散活的小保姆，都是平台随机派单的，今天这家，明天那家，年前是她们最忙的时候，各种老年人需要照顾，她没有时间了解那些。

郑老师深吸一口气，咳嗽两声，答也不答，还是站着。望见女孩小小的身影，真搞不清楚这是怎么一回事。

女孩已经又出来了，徒手支开一张折叠饭桌。

郑老师背对着她，大衣也不脱，闷闷的，不高兴。她指一指窗外的一栋楼，说："小姑娘，你过去还在哪家做过呢？"

女孩迎上前去，随手指了一个地方，郑老师正想着，女孩就一手递过来："筷子。"

***

吃过晚饭，洗了手，进来收拾碗和碟。这时女孩已经被郑老师请出去了，但她不肯走，说她还想跟郑老师聊一聊。

女孩的名字叫小方，涿州人，老家是当地一户卖菜的。家里虽不算富裕，三亩地的菜园种了不少菜——一来因为土好，二来不施化肥，她家的菜肥嫩水灵，不愁销路。除了去年发大水，其他时候，日头都好着呢。每天上午，小方从菜地经过，总可以看到她妈浇菜、浇水。老太太手脚灵活，一瓢子水灌下去，眼前就是一片烂银发光。她有时候瞅见，故意蹚着水过去，脚步踏得哒哒响，逗水声。她有时候走到家门口，站住了，抬了头望院子里的扁豆藤，仿佛这样望得出钱来。扁豆是种好了卖的，定期有菜农上门来收，韭菜、葱则是自家吃的，偶尔往外一跑，拿出来一点给顾客。

小方每次到建筑大学来，都在家属区这一片晃悠，认识了一个叫王婆的人。这人也是她们村的，和家属区的小保姆都很熟。因为同村都是熟脸，王婆来打听小方的情况，小方也不好一概不理。外加上家属区这一片，保姆都不是本地人，从上到下：白班保姆、住家阿姨、钟点工、养老护工乃至带小孩的月嫂，全都是她们涿州人，她们村的就占三成。像她这样十七八岁的，年纪太轻，做不了住家阿姨，只能捡人家剩下的做。成了家的涿州阿姨一年有半个月假期，轮流回去，照看自己的孩子，其余时间吃住都在人家。不卖菜的时候，小方萌生过做阿姨的念头，家里面都没有意见。可那王婆听了这话，亲自出马，不许她这么干，还说她年纪轻轻的，小雏鸡似的，何必学人做女光棍儿？

那个王婆梳一个大而油黑的发髻，过去她没来北京的时候，就成天坐在村口，用小镊子轻轻扯自己的眉毛。有一次，小方从外面回来，被王婆当街拦住，非要把她弄到家里坐坐。她懵懵懂懂地去了，王婆立刻把门带上，里屋晃出来一个癞头男的——"板板六十四"的老头儿，眼睛使劲在小方的身上打转。

小方的嘴角牵动，故事只讲了一半。迂迂磨磨，颠颠倒倒，实在是话赶话，赶到一起去了。

郑老师这才看见小方脚上穿的是——她才给曾孙儿买的棉拖鞋，原本是留着过年用，花软缎鞋面，麂皮绒鞋底，走起路来不响。

郑老师指了指小方的脚说："我们家有地暖，你，你热的话，就别穿鞋了。"

"不用，老师，您甭管我！那个，"女孩撂下水桶伸手撸起她的袖子，"老师，我刚刚讲到哪里了？"

郑老师叹一口气，说："板板六十四，老头儿。"

"对，那可不是，我指定不能让他占我的便宜。不过这种保媒拉纤的事，有一就有二，你要是一次不给她扳过来，往后这邻里关系也很难处……"

郑老师横了眼睛看着她，小方显然是没在意，她对郑老师半鞠着躬，要伸手去收抹布，这时郑老师抬了眼睛，挟了手机往里屋走。

小方慢慢擦桌子，时时看她一下，又找话来说："老师，您不知道，我们村里的光棍儿多着呢。有时他们看见我，跟在后屁股，自言自语，说一些我听不懂的词儿，什么'早该停止风流的游戏'，什么'不该嗅到她的美，擦掉一切陪你睡'，听得人满脸通红，直臊得慌！我心想，这都是哪儿跟哪儿啊，我家里还有我老娘呢，轮不着王婆和那些……"

郑老师侧过身去，略想一想，还是把手机搁到耳朵边上。她拿这姑娘毫无办法，只好按开手机，给学校保卫科去了一个电话。大概是回家过年去了，保卫科没有人接，她听到的是电话录音机的声音。

"谷科长，"郑老师说，"我是三号楼的郑秀梅。想跟你说一下我眼前儿碰上个事，呀，不知道是谁给我下的单，我们家来了一个涿州的小保姆，人倒是挺热情的，就是话特别多。我瞧着她不像是坏人，可我也真不认识她。我想麻烦您派个保安过来看看，我一直都在家，不出门。你看行吗？"

过了半小时，郑老师又拨了次电话，但依旧没有打通。她只好又说："谷科长，还是我，三单元的郑老师。还是刚才那档子事，我想再试试，兴许你们保卫科有人呢。"说完就把电话挂了。

差不多十点钟，小方还待在客厅里。

"老师，出来了——"

一听声音就知道她话没说完，小方脸头一摆，自言自语地说:"老师,住关二爷隔壁的是您家先生吧?好家伙——瞧咱先生这脸盘、鼻梁,好神气的,不愧是读书人!"

"不要乱动!他不喜欢别人碰他。"

抬头看时,是郑老师双手抱了肩膀立在一旁。那样子好威严恐怖。

恰好,这时候客厅的座机响了。小方跑过去接,看见郑老师,立马又弹了回去。小方贴墙立定,双脚合拢,嘴巴闭得紧紧的,看那神色似乎在说:"您别这样,我不碰不就得了吗?"

郑老师踱过来,瞪了她一眼,托着机座,拿起话筒。

"喂,小顺儿吗?哦,是你小子啊,你有事快说,我正忙着呢!"一两句话的工夫,耳闻之人并非所盼,郑老师的欢喜落了空。

"妈,那什么,今天不是小年嘛,我本来想让小顺儿跟您说两句,您要是忙,那就算了吧,我们改天再打!"儿子已经是做爷爷的人了,说话仍旧咋咋呼呼的。也许是因为把她当成朋友,儿子才对她说这么直爽、毫不客气的话。

"你别跟我废话,那,那什么,你叫小顺儿来听。"口中这么说,郑老师的脸上和身上可都露出藏不住的喜悦,看得出她心尖上有话急待报告。

"过来吧小顺儿，跟太奶说会儿话。"儿子赏了脸。

郑老师乐开了花。曾孙子首先说起他在美国的家，有一天，他跟着爷爷去倒垃圾，在他们后院撞着了一只 raccoon 翻垃圾桶——郑老师把听筒拿开，瞄小方一眼。这一瞄，小方好像看懂了似的凑过来，郑老师轻轻地说："小方，你替我跑一趟里屋，床头柜第二个抽屉里有'文曲星'，劳烦你帮个忙，拿过来。"

小方一拿拿到郑老师面前。"文曲星"是郑老师学英语用的，她已经学了有一年多。开开机，郑老师一下一下比画着，笃笃地敲起来键盘。

"Ra……这个词，是怎么个拼法？"

"太奶奶，你都不知道后来我睡觉，总能听到有人我床边挠墙，那声音老可怕了，嘶嘶啦啦的，吓死我了。我当时就跟我爷爷说，我说家里有鬼，他偏不信。一天晚上，他去厨房接水喝，一下发现有什么东西在墙里抓挠，他就拽了我在厨房里守着，黑着灯，我也不敢说话。不知道过了多久，我都快睡着了，他嗷的一声叫，我们都看见三只 raccoon 顺着暖气片爬上来，还是上回那三只，它们正在偷厨房桌上的

129

小面包……"

"小顺儿,你等我一会儿,等一会儿,raccoon就是——"郑老师有点手忙脚乱了,她念念叨叨地戴上了花镜,怎么查也查不着。

"太奶,你怎么不说话了?"

"小顺儿,不要急,等一等。"

郑老师更迫切了——这时,小方突然拿什么向她手上一塞。"浣熊,浣熊!"

郑老师喜出望外,"浣熊"没有错!她哈哈笑着,对着小方也笑了几笑。不知道曾孙儿在说什么,她点点头说:"到底是我们小顺儿,没你在,你爷爷也抓不住那三只小浣熊!没有你,我真放心不下你爷!"

"太奶,你错了。在美国你不能随便抓浣熊的,还有老鼠和狐狸,你都不能随便抓它们的,它们受到法律保护!"

"好,不抓浣熊,可太奶奶觉得,咱也不能放任它们在家里折腾啊?"这句话格外小声,郑老师连说连眨眼。

"喂——太奶,我们要吃早饭,爷爷过来催我了。"

郑老师尚在客厅,手里攥着"文曲星"。

"喂——念朝,你们家最近有浣熊出没,这事儿你知道吧？"郑老师板起脸来，声音也跟着变了，"我不管你找什么人来弄，限你一周内，除夕之前必须把那一窝浣熊给我清走！我丑话说在前头，要是清不走它，弄伤了我的小顺儿，看我不打断你的腿！"

挂断电话，郑老师回头看看小方，站起来，说了句"小方请坐"。

小方点头，但又不敢靠前，她笑了笑，低着头说："那，那什么，老师，时候也不早了，我也别在您家折腾了……这样，您在系统里给我打个好评，我麻溜儿的，这就走！"

郑老师嘴唇不动地说："什么系统呢？"

"我把'文曲星'先送回去吧。"小方有些慌，瞥了郑老师一眼。

"小方，我是不会弄这些软件、小程序的，你帮我来瞅瞅。"郑老师说着摘下花镜，她从裤兜里掏出来点钱，"实在不行我就给你现金，加上过节费，你看你要多少？"

刚一坐下，郑老师猛然听见一声吆喝："老师，老师，这人我认识！"

小方双手捧出一张照片。

"你家抽屉里这位，喏！这可不是隔壁的范老师吗？"

郑老师连听连点头，一下又站起来。

"你也认识老范？"

***

刚来北京那会儿，小方在校园里走，逢人便说她家的园子。菜园在百尺竿镇的南面，有着不太小的规模。她家的园子有点特别，北面是家用，南边、东西两边各辟出三间瓦房，彼此独立，互不相通，被她隔开来养黑水鸡、红头鸭和绿头鹅。一到春节，鸡鸭鹅都放出笼子，满院子溜达，这时她家的菜园就热闹起来，绿头鹅调皮又好色，总爱围着红头鸭求爱，一面兜着圈，一面鼓着腮帮叫不停——"咯咯咕，咯咯咯咕！"她学着呆头鹅的模样，一边扭扭地走"鹅步"，惹得院里小孩子们咯咯笑。

说起来有缘，去年立春那天，小方到建筑大学附近的菜场送菜，遇到一个老头相中她的春韭。这老头留着高高的大背头，穿了一身上衣有四贴袋的羽绒服，他买青韭，可是连一棵菜都不用摸，稍转一转眼珠子就完成了挑选，一看就是京西这一片的"领导"——非富即贵。老同志和她攀谈了一会儿，想买她的菜，而且出手大方。那么，小方表示一次性买她这么多菜，她愿意亲自跑一趟——上门送货。她说她叫小方。

进了门，春韭洗净，码上菜板，这时老同志才告诉小方，他今天要做的这道菜是春饼炒合菜，这是北京这地界特有的"咬春"传统——所谓"春打六九头"，春天是从"六九"这天算起，大地复苏，天气回暖，他们小时候都把这一天，而不是吃饺子的大年初一当作"春节"。他一下一下地切菜，说这是他的拿手好菜，他有一个结交半生的老朋友，不好吃别的，就好他这一口"咬春"，实实在在地用牙咬到——说着他咧咧嘴，呲出来上下两排假牙。他说他叫范城，大家伙都叫他老范。

一来二去的，小方再来送菜，渐渐地就和院里的人熟了。家属区和校园就隔一栋楼，家属区这边有不少阿姨是她的同乡，有时忙不过来了也会叫她来支应。看小孩，看老人，她都能来看一会儿。有时，她送完菜闲下来了。别的小保姆，闲着就闲着吧，可她不这样，她老是蹲在槐树脚下，朝对面的教学楼望，仿佛一个船家探望着天气。

范老师见了便问:"小方,怎么了?不舒服了吗?"

小方连忙摇头,笑着同他打招呼。

这原因不是很容易明白,范老师那里探探,这里问问,终于从卖熟食的丽姐口中探出一些原委。

事情还是从小方那里引起的。春季学期,小方招呼不打一声就跑去听课,一听就听研究生的课,她可能也不知道,胡乱选的教室,可是人家研究生见了她不高兴,一个学生当场站起来就问她是谁,小方摇摇头跑出去了。估计后头没少挨说法,老师的意见也很大。不过,小方这孩子也是很有个性的,隔天有人又看见她守在那教室门口,搬了一个马扎,直挺挺地在门外坐着。她是来抗议的吗?不,她正忙着记笔记呢!

范老师笑了。对于调皮捣蛋、不守校规的学生,他是见怪不怪了,常常痛加训斥,不管学生的父母是什么样的背景。有时话说得比较厉害,搞得大家都下不了台,大人小孩儿都怕他。可对着好孩子,有学习意愿的学生,他总是特别重视,所以他一听说小方的事情,立马找到她,嘘长问短:"小方,你跟我说说,你想学什么呢?"

小方红了脸,呜噜呜噜地说不清楚。她觉得自己真没用,只蹭过一门课，偷学不成，还被人赶了出来。课听得半不拉拉的，她只记得有个老师说，当一个好建筑师的三个条件，听了一会儿，她发现自己其实一条也不具备。

"高谈阔论谁不会说？你根本不要往心里去！"范老师详详细细叙说了他的建筑理念，转而让小方谈谈对建筑的理解。小方说，她知道的建筑就是她家的菜园子和那三间房的鸡窝，那是她和她妈的杰作，绝对自豪。范老师笑了，他说："就算你小方是白纸一张，咱也不怕！"再说了，刚开始的时候，谁不是一张白纸？他就是要看看她已经懂得了多少，如果完全不懂那倒是好办了，他从头教起，事半功倍，不一定就比那些有基础的孩子差！

范老师要收小方做学生，小方自然是一百个乐意。

不过，老范要求小方多读书，除了通读大一、大二的指定课本之外，还要读一些自选教材。他始终相信，世上的书那么多，没有人能够把它穷尽。读书本身不重要，重要的是读书的方法。一本书，一个人一个读法。只有他自己了解过、研究过的建筑，他自己为之感动的作品，他才会讲给小方听。他也讲《建筑材料》《建筑力学》《材料力学》《建筑构造》《土木工程施工》《园林设计原理》《外国建筑史》，讲鲁班、宇文恺、梁九、雷发达……他把学时按二十四节气分开，最后一学期就在腊月，他原计划要讲《中国古代建筑史》。他好像特别喜欢山西的应县木塔。

就是这样一个老范，怎么会凭空消失了呢？小方蹬脚说，左邻右舍都说没见过。她前前后后来过两回，来送新鲜蔬菜，韭菜挂在门把手上，烂了之后不住地往下滴答水，臭得厉害。有时候，她在走廊蹲一天，门里还是无人应答。小方说，范老师平时好开个玩笑，但是离家出走这种事他干不出，范老师是一个特别恋家的人，而且他曾经告诉过小方，他在家属区这片有一个放不下的人，那人要什么，他都依她，一辈子就这么过来了。

听到这里，郑老师像是记起了什么，忙问一声："你最后一次见他是在几号？"三步当作两步地跑出家门。

小方随她到楼道里，走廊很暗，两个人都没穿外套，转一转眼睛，吸了一口气——而脚就那么光着，地面大约有点凉，她们的脚板刚落下，又弹起来，然而穿了鞋还是要走，不怎么从容地敲两下门。

小方对着门上的猫眼往里瞅，她说："最后一次见老范是上个月初吧，他女儿好像才回国没多久，带回一大堆外国杂志，还有好些好看的衣服。"

那一天，老范翻着看手边的杂志，把正在温书的小方叫到身边。老范把一只手背过去，眯起一只眼睛，说："小方，我眼神不行，你帮我瞅瞅这外国杂志上的衣服，好不好看呢？"小方像是被他提醒，带着稀奇的神色，跑过来伏在老范的沙发："看？我哪儿看得懂啊！"她再一看，才注意到裙子上的花纹。这么一看就被吸引了，红灿灿的一条新中式裙子，裙摆上明晃晃坠着些金线银线，小方看得很入迷。

"你去客厅找一找，说不定就有好东西！"老范一面说，一面用手招那痴看的孩子，三下两下就把小方推到那条裙子的面前。小方忽然羞涩起来，"嗯"了一会儿，还没有站住脚，转过头静静地换衣服去了。

老范摆了一摞书在客厅等她，正襟危坐着。

可是等她真正走出来，老范还是吓了一跳，上上下下端详了半天，仿佛不认识似的。

老范竖竖大拇哥，小方喜欢，他也乐得开心。他又聊起来自己的女儿，说女儿小的时候就爱穿新裙子，有时候会为了一条裙子同他争强，说出来的话一句比一句气人，比方说——"瞧人家念朝的妈妈多好，念朝想要什么买什么！"

那时候，日子过得很苦，缺吃少穿，但没有少过女儿。女儿爱臭美，一天也不见她闲着，有衣穿，都是人家念朝妈妈，一针一线缝出来的。念朝妈妈比他这个当爹的更知道女儿的尺码，做起衣服来，连女儿的手脚都不需要量。相比之下，女儿的衣服上总有太阳、云彩和小星星，人家念朝的衣服上却啥也没有……老范叹了口气说："我和她之间，人情债越欠越多，滚雪球似的，想还也还不上了。"

有一次，小方择着择着菜，忽然眼睛一细，就问："范老师，你那么喜欢念朝妈妈？为啥不跟她把话说清楚呢？"

老范撸一把菜板，把刀握在手里，摆上一个白菜帮，狠切了两下说："你不是不知道我，我今年八十三了，就像这没人要的老菜帮子，一把年纪了身上没一块好地儿……今年还得了这个病，活脱脱一个'药罐子'，见天地吃药。你说人家那么好，好了一辈子的人，咱凭什么去追求她？"

小方忽然有些不好意思，伸出小小的舌头舔舔嘴唇。

郑老师不看她，嘴里吞吞吐吐地搭着话。

"你说，范老师怎么了？"

"怎么，他的病，您不知道吗？"

"我——"郑老师愣住了。

情况明摆着的,说什么不说什么,这会儿都不管用。一瞬间,像是有无数零零碎碎的过往,教她看见了老范只管轻飘飘地掠过,不在意,不接受,不敢也不能动心,后来竟然忘记拿他当成一个朋友来关怀,待到她想起他来,他又不在了,他们一个二个地走散了。

而她站在楼道灯下,拍了拍门。

"范老师,我……我是念朝妈妈。"

***

他们的校园没有很大。

除了放寒假、放暑假,学生一回家,老师们能捞着几天休息,其余的时间,他们都在学校里忙。郑老师记得,她丈夫去世那会儿,她常常一个人在校园里走。每一回,她走到半路,都能看见范老师站在三单元的门口。郑老师向范老师笑笑,点点头。范老师也笑笑,点点头。郑老师回去了,范老师看着她的背影,目送她一路走入单元门。

三单元里,范老师的北窗正对着郑老师的南窗。两扇窗之间,隔着大榆树和一块空场。上世纪八九十年代,空场上原来有秋千架、压板、滑梯,后来到了奥运前后,被统一改造成明黄色的健身器材。在空场上,郑老师看见过范老师早起拿大顶,也见识过他在那里抓小偷。后来为了抓人,范老师还闪了腰,再也拿不了大顶,只好改练了太极拳。

在窗户的一角,郑老师斜身靠在窗边,黑漆漆的,对面的窗户仍旧没有点灯。除夕的晚上,她一个人去吃年夜饭。饭后她又回到窗前发呆,就那么站着,一动也不动。

回想起她这一辈子,只要她稳稳地伸出手,就有人把糖塞到她的手里。从前是丈夫,现在是老范。老范像是一个影子,这些年守护神似的在她身边转悠。活到她这个年纪,也算是熟悉"生老病死"的人。介乎于生与死之间,她有时候说不出自己的那种复杂而困惑的感受。孩子们说她已经老耋,她点点头。自言自语的时候,声音带着重重的钝感,然而她很少想到老范也会经历这些。

正月初一,她在厨房收拾韭菜,听到阳台底下一阵脚步响,俯身一看,远处走来了一个人。那人听见楼上声音,一抬头望见了郑老师,不及闪躲,就被郑老师认清了她的脸。她也不是别人,正是小方。

小方这孩子红着脸,敲开了三单元的门。

两个人面对着面,脸上都是讪讪的。小方说她是范老师女儿派过来,专程请郑老师去一趟医院的。郑老师侧耳听着,仔细打量过小方,以至踱出家门时,才怔一怔,停住脚说:"我的钥匙呢?"小方这时还看不出她的用意,摆了一下头,噌噌噌就往楼上窜,跑到一半又听见——"呀,找着了!原来钥匙在我裤兜里,你瞧瞧我。"

小方于是急忙跑回来,她瞥了一眼郑老师,说:"您这么故意遛我,可是让您猜着了?我,我以为我隐藏得很好——"

郑老师先是一愣,然后觑起一只眼,接着说:"你说说看,我猜着什么了?"

到了医院,郑老师找到老范的女儿了解了一下,才知道老范得的是"阿尔兹海默症"。这些年,家人从不在身边,多少有些耽误了。第一次犯病应该是在两年前,老范的女儿带着孩子们回来,一家三口去看望老范,孩子们很久没见外公,发现外公的鬓角多了很多白发,便趴在外公怀里一根一根地揪。老范看着他们,摇一下头,忽然站起来,走到镜子前,呆呆地说:"小子,我注意你很久了,你干吗一直穿我衣服呢？今天有我孙子、孙女在，我非要好好和你说道说道！"

郑老师看了看病历本，也想起来一年以前，有一回，她给老范带过去点山核桃，老范接了，一颗颗拨弄着看，还问她这是什么。当时郑老师没多想，还以为他是在开玩笑。过了两天，郑老师看见老范的核桃吃没了，就问他："给你的核桃呢？吃得倒挺快。"老范挺奇怪地看着她说："不能！那么硬的东西，我怎么会吃？亏得我认识一单元的老李头，他是教土木的，年轻时下乡做过钳工，我都送他那儿去了，让他帮我配开核桃的钥匙呢！配好了，咱们俩一人一把！"这次老范病发，正赶上他女儿在家，父女俩正吃着饭呢，一只筷子掉到地上，老范低头去捡，一头栽下去就没再起来。看病看了有些日子，老范仍旧东找西寻，医生说，那一双筷子，他昨天还在病房里来回翻呢！

郑老师当下鼻子就酸了，低了眼，叹道："老范这家伙，听风就是雨，一会儿核桃一会儿筷子的……"老范女儿不再说话，只是为她带路。

走进病房，四张病床分开两边，相互隔一道白布帘子。朝南的病房带一个阳台，雪后的阳光洒进来，屋子里挺暖和，帘子里边鼾声大作，听声音老范在睡觉，郑老师便拉了一个凳子,轻悄悄地在他床边坐下。中间小方来过一次,也不打扰他们,只拆了一袋水果,用水洗了洗,摆摆好。原来她就是老范的护工。她递上一个苹果说:"郑老师,苹果没人吃,您吃一个。"郑老师和小方在病房坐了一会儿,小方说:"我去打点水,给他擦擦脸,等他醒了,有好些话要跟您说。"

关上门,郑老师犹豫了很久,只把手虚放在胸前,微微向前侧了一下身子,说:"范城,我们认识多少年了?我数了数,到今天就是六十六年整。你的算盘一早打就了,是不是?说起来,哪有你这样的朋友,他都病成那个样了,你还去找他要糖吃……他是个没心眼的,死之前都跟我说了,他告你的状啊,说你——得了便宜还卖乖,挑三拣四,说他的粟米糖不正宗,顶多就值两毛钱,所以你就要一半,枕头下给他压了一毛钱,他到死都攥着你的一毛钱呢,气得鼓鼓的。范城,事不是这么办的,我们仨……怎么说老就老了呢?你也是的,越老越没用,悄没声的怎么还病了?"

这时候小方打水回来,凑过来一看,叫声:"错了,错了,范老师是左手边这个床!"郑老师嗖的一下把头转过来,慌忙撩开帘子,探身来看,真真闹了个大红脸。郑老师笑了笑,她大约从来没有见过这么安静的老范,于是很小心地接过湿毛巾,轻轻地为他擦脸,又给他擦了手。擦手的时候老范醒了,紧紧地抓着她的手不放。郑老师看着小方离开,又看看门口的老范女儿,说:"这是老范有话说。你们都散了吧。"

范老师无言以对,张嘴到她的耳朵边,说:"秀梅,你怎么现在才来?"

郑老师笑而不答。一会儿,范老师双手支在床上坐着,又把大家伙都叫了回来。他说趁着他脑子还清楚,也还能哩哩啦啦、含含糊糊说几句话,他今天就把自己的后事给交代了——这时老范的女儿回来了,小方也来了,身后随来许多人,有医生,有护士,还有不知道从哪里冒出来的郑老师儿子,儿子手牵着小顺儿,大家进屋都望向他们。

范老师慢慢坐起来,拉着郑老师的手,问:"要不你先说说?"

郑老师说:"我能说什么?我不记得了。"

范老师换了个姿势,看看她的手,说:"学我?难不成你也老年痴呆了……"

大家伙上上下下围了笑。范老师抹一把脸,津津有味地介绍起他的病房——他的隔壁、对过住的都是些什么人,老张,老李,老王——这些人他是白天认识了晚上就忘,凡事不往心里搁！但他不以为然，拍拍肚子站出来，他说不妨事，大不了明天再重新来过。

陪着老范一起笑的，始终是他的郑老师。

在雨天放一把火

***

刚入夏的时候,刘轲租了一套带家具的房子。房子在她上班的地方后面约五百米,路边有一个书报亭和一家洗衣店。晚上,风从界河的对岸吹过来,她推开窗就能闻到西班牙餐厅里红酒烩饭的味道。天黑了之后,还能看见放风筝的人在犹豫,带着无奈的表情放开手,让线升起,又滑了下去。

刘轲的好朋友玉玲住在楼对面一幢更小的房子里。刘轲长了一副菱角形的身材,瘦得出奇,但是皮肤却很白。玉玲跟她相反,黑黑胖胖的,浑身上下没有一处不是圆的。刘轲的话很少,玉玲的话很多。算到今年,她们认识了快二十五年。刘轲的这份工作是玉玲替她找的,房子也是玉玲租的。

这房子比玉玲自己住的要好，大到家具电器，小到菜刀、开瓶器和指甲钳，准备得周到齐全。

第一次见柏木的那天早上，天空飘着毛毛细雨。刘轲家楼下西餐厅的灯牌，在雨中模模糊糊地看不清。等她跟着玉玲坐到餐厅里面，她往外看，才看清楚灯牌上的字——"巴塞罗那人的家乡美食"。她问玉玲她们在等谁，玉玲说在等柏木。

柏木没有打伞。他把上衣脱下来顶在头上，在雨中匆匆地走。他的木屐淌着黑水，踩在西餐厅油光锃亮的地板上，吱吱地响。他终于坐了下来，湿衣服也套回身上。这个年轻人看上去比她要小七八岁，穿一身宽大的麻布褂子，戴一副茶青色的眼镜，头发偏分，梳得光溜溜的一丝不乱。干干净净的一张脸上，连根胡楂子也没有。柏木的眼睛扑闪着，他对着刘轲腼腆地鞠了一躬。

整个夏天，柏木都腻在刘轲的身边。他们偶尔出去散步，直到深夜才归。她时常问起他的来历，他总是给出同样的回答。"我是日本福冈人，渔民的后代，无业，喜欢看一点悬疑故事。"再问起来他喜欢看什么故事，他又总是挠挠头答不上。柏木微笑时露出白色的牙齿，好像在回应着她所有的疑问。他偶尔认真起来，会对她说："我来海城是想看看中国的海。"

海城不大，他们每晚都绕着界河走。城中只有这一条界河，它绕过一个个小小的海岬，向前延伸着把入海口拱起。界河的这边是城市，另一边就是海。刘轲说，从这个海岬再往前走一天一夜，就是她从小生活的崖头镇。那一带离海更近。

柏木失踪的前一晚跟平常没什么不同，特别热，蚊子也特别多。他们一路沿着墙边走。柏木走在最前端，额头上出了很多汗。走到河沿前面，柏木纵身一跃，从岸堤上跳了下去。刘轲也想学着他的样子往下跳，可那堤坝实在太高，她做不到，只好用手撑住墙，慢慢地滑下来。一束光从她身上扫过，她遮着眼睛去看，看到一帮巡海员摇着手电筒跑过海边。

过了一会儿，只听扑通一声，岸边掀起比人还要大的浪花。一个影子在水里向他们这边移动。巡逻队的手电筒跟着那影子照了过来，照到柏木脸上，照到刘轲。柏木正弓着腰往水里探。她不知道他在看什么，但他看得非常入神。光在水面来来回回地晃。眼看着那影子就要靠岸了，柏木突然做了一个奇怪的举动。就在那人上岸前一秒,柏木使劲踹了影子一脚。又是扑通一声。那个影子还没来得及叫,就被两个巡海员从水里逮住了,非常狼狈地被拖上岸。她当时吓了一跳,脱口而出就质问了柏木,问他为什么要踹那个人。柏木像是一早就猜到她会这么问,很轻松地回答说:"我不认识他啊。"

刘轲认识他快两个月了,这个男孩给她留下的印象没有任何改变。他有点阴郁,但不可能是坏人。他在这里没什么朋友,还没来得及跟谁结仇。那天晚上,她一直以为柏木会跟她说点什么。不是她想听,她就是觉得柏木可能会说出一些心底话。但是,当他们在家门口撞见玉玲时,柏木却只答了一句:"今晚好热。"

她还记得,柏木在进门前拍了拍后背的沙子。他的后背被汗水打湿了,衣服上的沙子怎么也弄不掉。他听玉玲的话,把衣服脱了交给她。然后,在他窄窄的后背上,细小的沙粒就黏在被汗水打湿的地方。

关于柏木的一切,停在那些沙子上。
"再说说细节。"

说话的人是海城派出所的警察缪伟。他在审讯开始前就告诉刘轲，他一年要在这里接待几十个她这样的女人。有些人不配合他们工作，哭哭啼啼的，半小时的例行审问偏偏要拖上好久。

"你倒是说话啊。"缪伟盘着手打量着刘轲。她穿着一条白色的夏裙，裙边带着凹凸花纹。在刘轲开口回答以前，他抬起桌上的笔，继续问道："你一共见过柏木几次？"

"好像……就这么两回。"

"你来报案，你就得负责，你可别'好像'啊。"缪伟翻着做好的笔录说，"照你刚才说的……朋友介绍见过一次。界河散步一次。"

"散步那回，不止一回。"

"这样吧，你回家好好想想。想好了再来找我。"

出了审讯室，缪伟注意到刘轲在眨眼睛。她闭眼的时间很长，动作很轻，像是在换一口气。

"手机二十四小时开着，我们随时会找你来了解情况。"

入了夜，派出所门口的蚊子也是三五成群，嗡嗡地飞着。

***

海城冬天阴冷,最好的时光只有夏天这一季,所以城中上下也都在夏天出来走动。人多了,麻烦也就多了。缪伟手上经手最多的就是失踪案。不过,这些案件跟人口失踪无关。一般不过是张家的猫被李家偷了去,或者是李家的狗被王家掳劫了。所以他一听说是失踪案,接到电话,总是不紧不慢地问:"这不是你家养的小宠物吧?"

柏木失踪后第七天,缪伟接到了玉玲的电话。玉玲在电话里说,她知道刘轲上周来报案了。"我知道是谁抓了柏木。"她的语气非常笃定。电话里传来的对话,由于过于紧张而间歇性地发着忙音。缪伟没有听清嫌疑人的名字。等他再把电话拨回去的时候,玉玲只是重复念叨着说:"我这么做全是为了刘轲好。"剩下的,他们约好了见面再聊。

西班牙餐厅在的区域,是全城最中心的地段。餐厅后面的双塔公寓楼,是全城唯一一处公寓楼。它们孤零零地矗立在海城的中心,米白色外壁搭着湖蓝色的屋顶,外观很漂亮。

有人住的房间阳台上，总是晾着女人的衣物。缪伟听说过这栋新建的公寓，但是没见过这里头住着的女人。

"你们不是海城人吧。"缪伟说。

"也不太远，刘轲和我都是崖头镇的。"王玲说。

"看你这么急，是不是找到柏木了？"

"找柏木不应该是你们警察的事吗？"

"是你们自己说的，他是个日本人。"缪伟说，"你知道每年有多少人从海城游去日本吗？"

"我们报了案，你们警察没理由不查下去。"

"他一个日本人，这时候可能已经到家了。"

"刘轲找你报案是来找你救命的！"

"救什么命呢？"这时候，缪伟才叼着烟坐下来。他说："你们年纪轻轻的，别老胡思乱想！我也不想让你觉得我们不管她的死活。这样吧，你长话短说。"

"好的好的，缪警官。"

接下来的三个钟头，缪伟一直在王玲的对面听她说话。这个四十来岁的刑警剃着短寸，肌肉发达，足有一米九的身高窝在餐厅的小座椅上。他的两条腿轮番跷起来，换腿时把桌板震得嘎嘎响。就算面前的烟灰缸要满了，他也摆摆手不让服务员靠近。

"什么意思？你说她还有前夫？"缪伟说。

"那人是个疯子。"玉玲说。

"他和日本人的失踪有关？"

"缪警官，你们派出所不是都联着网吗？杨——祖——勇，你查一下这个人，你就明白我的意思了。"

玉玲皱着眉，她的嘴不停地叨叨。

"这已经不知道是第多少次，"她说，"没想到他这么快又找到了我们。"

"你们为什么要躲他？"

"就在柏木失踪的那天凌晨，我推开刘轲的家门，又闻到了那股熟悉的味道。一种牲口被打之后才有的味道。当时，刘轲正拎着一个碎酒瓶坐在地板上。瓶底裂开一半，玻璃渣撒得到处都是。刘轲的脸上有伤。她把脸上的一小块玻璃渣拔了出来，然后朝着我咯咯傻笑。两只雪白的胳膊上，一道道深浅不一的疤。抓，咬，捶打，还有用皮鞭子抽的。杨祖勇这个疯子回来了！不然你根本没法解释刘轲身上的乌青。"

"这杨祖勇为什么要打她？"

"我哪里知道，疯子打人需要理由吗？"

"我现在用手机联不上所里的网。"缪伟把烟头掐灭在桌面上,然后说,"那姓杨的就是因为打女人进去的吧?"

"刘轲的前夫杨祖勇在我们镇是出了名的恶霸。他们俩结婚那天,我也去喝了一杯喜酒。那是我第一次见到杨祖勇。一个上下嘴唇呈弓形,左右脸颊不对称,下巴深凹的大块头。有的人你一看就知道不是好人……"

缪伟打断了她:"挑重点讲。"

"我一早就知道刘轲跟杨祖勇不合适!阿轲太干净了。她只要站在杨祖勇的身边,那家伙的愚蠢就无处遁形。在刘轲流产没多久的一个夜里,她被伤得很深。"一说起那晚的场景,玉玲就会像现在这样边说边流眼泪,"大概只有女人才明白,刚生完孩子的身体有多不舒服。毕竟是把一个足七月的孩子从身体里掏出来啊!刘轲当时还有撕裂,缝了十几针。那天她刚拆线,伤口还在往外渗血。医生把刘轲交给杨祖勇的时候特意叮嘱,一个月不准有性生活。但回到家之后,杨祖勇立马把刘轲按在地板上,她挣扎着说不行不行,他还是死死按住她,解开了她的绷带。那次刘轲出了好多血。送回医院之后,镇上的大夫诊断说,她不会再有孩子了。"

"好吧,那你是什么意思?"缪伟说。

"我要是她，我会把那姓杨的大卸八块。"玉玲说。

"不太对啊。如果柏木失踪那天，杨祖勇去双塔公寓打了刘轲，那他就有不在场证明了。"

"你不懂，刘轲不会认的。一个女人被打惯了，她会变，她会慢慢接受现实。"

"你知道吗？我处理的百分之九十的家暴案，男人进了监狱以后，女人还是没有选择离婚。"

"她小时候可不这样。"看玉玲的样子，她像是回想起了什么开心的事。她说："对她来说，没有什么是不可能的。"

按照玉玲的说法，大概是在二十四年前，她八岁的时候，认识了与她同岁的刘轲。玉玲的妈妈在小巷前面那条街开了一家酒馆。她们小时候，镇上停电是常有的事。她和刘轲认识，也是在一个停电的夜晚。整条街都黑了下来，只有酒馆里还有稀稀拉拉的灯光。玉玲的妈妈好不容易把最后一波客人送走了，没想到有个男人半路折了回来，拉进门来一个外乡女人。那女人身条很正，站得笔直，像是文工团的舞蹈演员。她脚边还站着一个孩子，这个孩子就是刘轲。

在小巷的矮墙后面，离酒馆不远有一块潮湿的洼地。每逢下雨，空气里都是湿漉漉的味道。洼地尽头有一片树林。玉玲拉着刘轲在林子里横冲直闯，脚下的落叶发出清脆的声响。最深处的树木有时仿佛一堵坚实的灰色围墙，但却在一个下雨的午后变成黑色，后面的天空变成一片触目惊心的灰白。她们轮番走在前面，不时停下来把勾住衬衣的刺藤拨开。又走了一小会儿，她们在一个树桩上坐下。她看到刘轲抬起双脚又放下，用脚在泥里碾来碾去，好像要碾碎脚下的什么东西似的。玉玲当时的想法只有一个——她不想回家了。她讨厌她妈，还讨厌那些叔叔。

刘轲从木桩上跳了起来，开始奔跑。玉玲看到刘轲围着那片树林疯狂地跑着，好像后面有什么东西在追她。等她再次经过洼地的时候，太阳在她瘦瘦的、窄窄的背上闪着光。玉玲记得她自己跑得很慢，险些就把刘轲跟丢了。她们围着森林飞奔了三圈，好像每跑一步，个子就蹿高一截。她们跑着跑着就和过去不一样了，哪怕跑不到未来，哪怕跑倒在一排灌木丛旁。她们躺在地上，小小的肩胛骨一上一下地动。过了一会儿，刘轲哑着嗓子对她说，你知不知道，我会把这个地方怎么样？

回到派出所，缪伟做的第一件事不是去查杨祖勇的背景，而是调出了二十四年前的旧报纸。他在"突发事件"栏目找到一则新闻。当年，海城报社为了揭开"崖头镇雨天起火"之谜，特意请气象专家写了一篇调查报告。报告的结尾有这样一段话：

> 崖头镇的这场火来得蹊跷。最先报案的是两个八岁女童，她们声称见到火从灌木里蹿了出来，一下子卷住了最低的树枝，咬住不放。案发之后，一连三天小雨未断，火势却越刮越猛。我们勘察过火灾现场，那个地方前面是一块洼地，后面高处有一片树林，想要在洼地上点火根本不可能。所以我们基本可以排除人为的因素，空气中的水分太大，没有人能在雨天放一把火。

***

沿着海城的公路穿过一条短短的隧道，变成了崎岖不平的山道。虽然离界河很近，但不知为何，过了长满青苔的隧道，这一带弥散着大山的味道，丝毫不像是一个海边城市。也许是因为隧道的阻隔。入了伏，这里也是凉飕飕的。

柏木失踪后第二周，缪伟开始跟踪刘轲。缪伟一路跟着她向东北方向进发。从山道下来之后，又拐上一条土路。这条土路起起伏伏，冷不丁还有水洼。路基不结实，他有几次差点冲进沟渠里。树枝上有刚下过的雨痕，大路和小径上泛滥着由泥土和下了一夜的雨合成的黑色泥浆。

缪伟不敢跟得太紧，所以一直溜着边开。他倾身向前，手搭方向盘，不时还要挡开刺眼的落日余晖。海岸线从他们身边疾行而过，掠过单调的红色，慌慌张张地消失在斜阳里。等他开过匝道，刘轲在狭窄的小路上倒了好几次车，才终于改变了方向。他就跟在她后面，在她后视镜可以看到的地方。两辆车还保持着一样的距离。

他们把车子停在一家废弃船厂的门口。缪伟跟着刘轲走进车间。灯光闪烁不止，熄灭又亮起，他看到刘轲站在黑暗中一个人等待。灯光完全灭了之后，刘轲继续往前走。在车间的中央，耸立着一个巨型龙骨。龙骨直达天花板，看上去像是一艘远洋舰的雏形，又像是一只被人锁在这里的铁凤凰。刘轲找到开关，她按了几下，厂房上方就亮堂起来。那种亮很怪，像是要把整个城市的电吸得精光。很亮，让龙骨的形状暴露无遗。他能闻到钢板腐锈的味道，还有她头发的淡淡香气。

灯光暗下，熄灭，然后又亮起。龙骨两边的空场上一片昏暗虚无。灯光再次亮起时，缪伟很确定自己看到一个人影移动——刘轲拎着一个旅行包，往更黑的地方去了。

穿过车间，他们来到船厂的后门。门半掩着，看上去只要稍稍用力就能撞开。门内有一排鸡棚，棚内一只鸡也没有。鸡棚的背面是一条土路。土路两侧种满了高大的毛白杨，它们向道路的两边延伸开来直至与工厂正门的那些灌木相接。背后的树林寂静无声，时不时传来一声树枝的噼啪轻响。

十几分钟之后，从后门开进来一辆桑塔纳。

车上下来一个年轻男人。中等身材，个头不太高，头上戴一顶深色棒球帽。在月色中，他的脸看不清楚。只能隐约看到他高高的颧骨，几绺头发从帽子四周露出来。那个男人穿一件运动衫，衣服上印了个螺丝钉，已经褪了色。但他的胸口微微凸起，那颗螺丝钉从中间裂开，像是被人用扳手拧过了头。他看上去三十岁左右。从他和刘轲说话的方式来看，他们的关系走得很近。

在车子打火发动之前,那个男人跟她主动提起缪伟。"你报案之后,警察跟你说什么了没有?"

"让我做了一个口供。"刘轲说。

那个男人说:"我听玉玲讲,前些天他一直在打听你的情况,昨天还问她你喜欢吃什么,你说他问这个干吗?"

"我怎么知道?"

"我看他查案没进展,对你倒是挺上心。"

"别瞎说,我只见过他一次。"刘轲熟练地打开后备厢,将地上的旅行包扔了进去。

"你要是喜欢,你就上啊……"那男的从驾驶座探出头说。听他的语气,还是在怂恿刘轲。

"行了!人家是警察。"刘轲说。

缪伟一直端着枪躲在车间里。他发现在这男人面前的刘轲是一种他没见过的状态。她不再胆怯,也不畏缩。她站得直直的。只有那张脸,仍然毫无血色。直到那个男人搂着刘轲的肩膀说"事情就交给我吧",刘轲讪讪地回答"谢谢你柏木",缪伟才把枪插回枪套。

回来的路上,下起了雨。两辆车一前一后,在弯弯曲曲的山道上行驶。雨刷擦拭着前窗的细雨,浓雾笼罩的森林在前方若隐若现。树龄超过二十年的杉树在雾中杂乱生长。山道两侧的树干被细雨打湿，就像面无表情的人们站在雨里。他们又经过来时的那个隧道，冰冷潮湿的空气一下子涌进车内。

隧道里飘散出一种阴森森的气氛。缪伟看着空空的山洞，有点迷茫。恍惚间，他踩了一脚急刹车。就在这时，他的手机响了。电话是刘轲打来的。他甚至能听到刘轲好听的声音在隧道中回响。刘轲告诉他，王玲被三个绑匪劫走了。绑匪是杨祖勇派来的，他们还抢走了她的包，那里面有二十万。

***

听海城的老人说，一个城市多雨，不是什么好兆头。这个城市的人随手带着一把伞，下雨了，打个伞，不下雨，也打打伞。缪伟的伞是干的，就放在派出所门口。他一连几天都窝在这里，见到其他警员踩着雨进来，他才发现已经下了小半个月的雨。

缪伟查实了杨祖勇的身份，这人确实是崖头镇出了名的鬼见愁。这个人上个月月初办了保外就医，但出了崖头监狱就没了音信。崖头镇大大小小的宾馆都被缪伟查了一遍，没有人曾用"杨祖勇"这个名字登记。然后，缪伟还特意跑了一趟崖头镇，调出监狱门口的监控录像。杨祖勇——玉玲口中那位身长八尺，腰阔十围的彪形大汉——出了狱，简直瘦脱了相。

缪伟还查到，狱门口停了一辆桑塔纳。从驾驶座下来一个人，主动拎过来杨祖勇手里的东西。缪伟把这段视频放大看了几次，最后他断定，这个男的就是那天在废船厂撞到的柏木。

虽然有了这些消息，缪伟反而变得更加焦虑。柏木明明没有失踪，玉玲也没有被人掳走……这种模糊的信息，一条、两条、三条，一点点积少成多。尽管他从没接手过凶杀案，整理信息这种小事他还是会的。他揣着这些信息，接连几天徘徊在刘轲楼下。最后一天，他实在没忍住，上了楼。结果到了刘轲家门口，他又犹豫了。如果不是在她家门外捡到了一张字条，他可能根本不会敲开她的门。

那张字条是半折着的。轻轻一抖，就能打开。上面拼贴着一行字，像是被人从报纸上裁剪下来的：

阿轲，更心疼了吧？你现在肯定很想找到我的下落，但我劝你最好不要。你老老实实地听我安排，这样玉玲和柏木就能多活两天。别报警，因为报了也没用。就算你跑到天涯海角，我也一定能找到你。

缪伟顺手一推，门没关。他直接就踏进了这间公寓。从玄关到客厅，屋里一片昏暗。除他之外，什么人也没有。鞋柜、衣架、饭厅的圆桌、电风扇，布置得整整齐齐。陈列柜里面装了几瓶威士忌，酒瓶子也一尘不染。客厅很大，足足占了四分之三的面积。铺了亚麻地毯的地板干干净净，能反射出窗户上的光。他走到窗前看了一会儿，然后回过头四下看看。红色的尼龙沙发前有一张小茶几，上面的茶壶还冒着热气。看来刘轲刚离开没多久。

缪伟坐到沙发上，才发现沙发的一角不平。它的主人用一本书垫角，可坐上去之后，沙发还是会微微颤动。缪伟想要重新弄一下她的垫脚，便拿起了那本书。

那本书的封皮被撕掉了。缪伟翻着看了看，大概是一个不知名的作家写的悬疑故事。他看不进去。顺手往后翻翻，

很快就发现了夹在书中的一张字条,也是被人用报纸剪贴而成的。字条上写着:

阿轲,心疼了吧?周日下午六点半,带着二十万到废船厂。不然我就杀掉你的日本小男友。

缪伟掏出了刚刚在门口捡到的那张字条。从字条剪贴的样式来看,应该出自同一个人之手。只是书中夹着的这张看起来更旧一点。缪伟站着看了很久。就在这时,踮着脚尖走路时轻轻的脚步声、布料摩擦的窸窣声在他背后响起。他凝视着屋子另一边的玻璃陈列柜,上面投射出站在他身后的女子的身影。她身上穿着一条白布棉裙,外头套了一件黑色针织衫,头发梳成一个圆髻。刘轲没有跟他问好,她也只是通过玻璃柜注视着缪伟。缪伟把手中的那本书放了回去。接着,沙发恢复了平稳。

"那个……我看门开着,我就进来了。"

他的目光随着她走进厨房,看到她拉开了冰箱门。苹果放在冰箱顶层,杏和梨子放在第二层,饺子和一些剩菜放在第三层左侧的保鲜区,右侧有六个小格子,依次摆着鸡蛋。

在昏暗的房间里，鲜艳的尼龙沙发与刘轲苍白的脸形成了鲜明的对比。"别看我，我不好看。"刘轲从冰箱一旁的挂钩下抽下围裙系在腰上，然后从保鲜区拿出了香菇和一小块猪肉，开始做肉臊饭。

煮饭的时候，他们聊起了各自的工作。缪伟提到一桩去年破获的失踪案，他管那叫——"小庄谜案"。

"犯罪嫌疑人一路引导我们，让我们觉得是他的仇家做的。"缪伟说，"太残忍了。小庄啊小庄，一只阿比西尼亚猫，那么漂亮的发色，那么名贵的品种，最后就被人随便切切扔垃圾堆了。"

"小庄的品种？"说这话时，刘轲正挥着菜刀剁肉。她把肉斜着切了一遍，深深地一刀刀下去，浅浅地留一点肉皮。

"嗨，小庄不是人，它是只猫！人家是那种进口的猫，纯种的，比咱们的命都金贵。别说海城了，我看全国也没几只。"

"小庄的仇家为什么要杀它？"她问这话时，手掌翻过肉，还是像刚才那样，顺着斜角切，不切断。

"哎，事情是这样的。小庄的主人去日本玩了一个月，把它丢给保姆来照看。可保姆那个月回老家了，耽搁了半月。

她再来喂的时候，小庄就闹啊，使劲挠她咬她。然后她一气之下断了小庄的水和粮食，把这只猫活活饿死了。"

"这保姆也挺可怜的。"

"不怕你笑话，这是我去年破过的最大的案子了。"缪伟说，"你不明白，在海城出不了什么大事。"

刘轲的手边，生肉已经全部切成了小肉丁。她守着越烧越热的锅子，聊起了自己的事。她说："我跟杨祖勇离婚以后，就跑到海城来投奔玉玲。我原本是要告诉玉玲，妈妈们都老了，家里的小酒馆快撑不住了。可也不知道为什么，误打误撞地来到玉玲上班的夜总会。不是玉玲逼我在海城干这个的。虽然我不知道将来在海城会发生什么，却总是感受到有什么好事将要发生。"

"什么好事呢？"

"一开始，我以为杨祖勇不会再来了。"

"杨祖勇上个月就放出来了。"

"缪警官，你不用来跟我讲这些的……"刘轲像是自言自语，重复了一句，"你不用管我。"

"看你的样子，你是不是已经知道了？"

缪伟看不到刘轲的表情，却看到她的手停了下来。

尽管缪伟局里还有很多案子要处理，但他还是宁愿再耽搁几分钟，看刘轲把饭做完。这时，肉末下到锅里，噼里啪啦地发出一阵脆响。

"我刚刚进门前，在你家门口捡到了这个。"缪伟说。

刘轲简短地答一句："是吗？"她手里继续翻炒着肉末。

"你沙发底下还有一张，对吧？你就是拿着它，去废船厂跟他们做的交易。而且你当时是想去救柏木，没错吧？"

"对，他们还绑走了玉玲。"

"从现在我们掌握的情况来看，杨祖勇是头号嫌疑人。他在上个月一号出了狱，就来了海城。大概在十五号那天，他看见你和柏木在一起了。然后当天凌晨，到你家来骚扰了你……"

"不是骚扰，是打。"

"好，他打了你。然后他逃走了，在一周之前策划了废船厂抢劫案。抢了钱，还绑架了你最好的朋友。从他今天写给你的这封恐吓信来看，现在他手上攥着两张肉票了……"

也许是油锅过热，也许是肉臊炒得太熟，屋里开始弥漫着一种奇怪的焦味。刘轲推开通往阳台的拉门。等她回到缪伟的身边，不声不响的火星已经开始在阳台对面闪动。

"你是不是有事瞒着我？"缪伟看着刘轲的背影问。

窗向外开着，只听见清脆的啪啪声响。一声声细细的轻响，像是无数条绷紧的皮筋突然断裂。缪伟倏地一下站了起来。对面公寓起火了，火苗从一户人家的门口冒出来，几乎快要把整层楼吞没。

刘轲说："着火的是玉玲家！"

楼外的消防队员踌躇着不敢爬云梯，只能在混乱中往所有火苗蔓延的地方喷水。三台水车连忙喷射过去，可那火星还是无穷无尽地在他们眼前扩散。柱子和房梁的骨架还冒着烟，墙面和地板在火中时隐时现。刘轲也来到窗前，她的鼻息贴上他的后背。他听得到她的心脏先是抽缩了一下，然后膨胀起来。两颗心贴在一起，怦怦狂跳。

***

柏木失踪后第六周，海城派出所接到了线报。一个拾荒的流浪汉，在废船厂里面发现了烧焦的尸块。仓库的几个出入口都拉了警戒线。所以刘轲一赶到现场,就被消防队给拦住了。他们不管死者是她的什么人。他们告诉她,焦尸还没有被收集完,里面随时可能起火。

车间的四壁有被火焚烧的痕迹。警察和消防员分成两组,正在查找事故的起火点。船厂车间里,龙骨被烧得黢黑,七零八落地散了架。只有龙骨的船首,通向天顶的那根最高的钢板还挺立着。一只浴火重生的铁凤凰。在它的头顶,靠近嘴巴的地方,高高衔着一个旅行包。那个包像罪人的首级一样,没着没落地悬在半空。警察从那下面经过的时候,都会捂住口鼻。

缪伟打着手电筒,命令手下人把这个旅行包取下来。他的手电筒划了一道弧,掠过车间粗糙的铝板墙壁,掠过摇摇欲坠的锌皮天花板,随着他的视线来到刘轲身上,他发现她正在人群中望向自己。

包落到地上,缪伟他们守着它等了一会儿。直到确定海城唯一的尸检医生,家里有急事来不了,他才吩咐人动手。包拉开一半,缪伟接到了派出所所长的电话。所长给了指示,说是先把尸块收齐收好,等到医生放假回来了,统一交给上级市来处理。一只胳膊已经被缪伟取了出来。他端着它,不知道该如何是好。

仓库的门口围了很多海城人。这些人都是闻风来凑热闹的，一转眼，刚围好的警戒线又被他们踩在了脚下。他们不光自己来，还抱着猫，遛着狗。狗嗅到了尸体的气味，纷纷躁动起来。结果，气氛被搅得更加令人惶惶不安。刘轲就是在这个时候混进来的。她凑近了警队，又凑到缪伟身边，始终一声不发。

"老大，是具男尸……尸体被人分成五块。除了头以外，身体和四肢，一块不少……死者的胳膊被人用菜刀剁开。青黑色的尸块已经开始腐烂，边角处并不齐整。不用法医也能判断，这是被人砍了许多刀之后才切下来的。"一个警员凑到缪伟跟前压低嗓音说。

"还有别的什么吗？"

"老大，包的最底下还垫了一层东西，要不您亲自看看吧？"

旅行包里除了一些尸块，还有一部护照和一封信。护照是柏木的，缺了照片页。信是反过来夹在护照里的，所以只有四个角染上血迹。这封信像是一个远方朋友的来信，开头便称呼"亲爱的阿轲"，提醒她有人正等着要杀她。缪伟很困惑，握着信往下扫视了几行。信上写明了时间、地点、人物、状态，尤其是在"状态"一栏还特意标出了举办葬礼时需要播放的主题音乐。很奇怪，一场葬礼，写恐吓信的人事先安排好了一切。

一个警员问："需要我们爬到龙骨上面看看吗？"

"我来吧。"缪伟说。

向上爬到一半，缪伟掏出手机打了个电话。他看到刘轲还站在原地，身穿一条干干净净的夏裙，像是季风雨过后的晴空，可是到底是有什么不一样了。刘轲就那么看着他，任由过往的人来来回回，她接通了电话。

***

镇上的晨钟已经响过，街上的路灯依旧亮着。葬礼的现场已经布置得差不多了。缪伟他们租下了刘轲家楼下的西班牙餐厅，临时把一些庆祝婚礼用的彩色花环挂了上去。铺着马赛克瓷砖的偏厅和设有演奏台的大厅里，镶着金边的每一张桌子和每一把椅子下面，都安装了窃听器。缪伟敲开刘轲家门的时候,便衣警察已经在餐厅门口守着了。

路边的西餐厅本来是红色的,可是禁不起风吹日晒,早就被漂白了。橱窗里的食物模型,也被尘土改变了颜色。透过窗户,可以看到餐厅的门廊。门廊上有一墙的酒瓶,摆放得十分整齐,里面横放着各式各样的洋酒,红酒、白酒、香槟、威士忌,红的、白的、粉红的、褐色的……餐厅外面,一家书报亭和一家干洗店正准备开门营业。不打算进场的便衣就坐在两家店的中间地带抽烟。书报亭的老板娘说她在昨晚打烊前看见一个怪人,那个人好像穿了件男人的衣服。"我以为他是你们要抓的人呢。"她对两个便衣说。一个便衣立马掖紧了裤腰带,让她不要乱讲话。

快到中午,缪伟去接刘轲的时候,刘轲的脸上也重新有了血色。她穿着他们第一次见面时的那条白色夏裙。楼下的警员在半睡半醒间,也瞥见了这个在阳光下通身银白的女人。在下午一点钟的沉寂中,她仿佛是这世上唯一的活物。他们问缪伟那个姑娘是谁,却被报亭的老板娘抢先一步回答了。"你说的是楼上那个崖头镇来的小姑娘吧?"缪伟装作没听见,一直尾随刘轲走进餐厅。

"谢谢杨祖勇,要不是他要求,咱俩今天不会穿成这样。"

缪伟说。

他正了正自己的一身白西装。然后，他在前台抻了一把椅子，坐到刘轲跟前。

缪伟接着说："你今天可真美。"

"尸检的结果出来了吗？"刘轲问。

"还没有。"

"那我劝你现在就离开。"刘轲说，"除非他死了，他是不会放过我的。我的一切都在他的掌控中。现在，他很有可能已经知道你了。"

"你的一切里也包括我，这不也挺好的……"

正午十二点的钟声敲响。他们的谈话没有继续下去。刘轲走进餐厅偏厅，她的步子迈得很小。缪伟不由自主地跟了上去，仔细观察她的样子。偏厅的两侧各有一排玻璃冷冻柜，里面挂着还带着肋骨的野猪肉。偏厅没有开灯，大理石地板上洒着不知道是从哪里投进来的一缕阳光。

他们走到中途，忽然听见天花板上有人在说话。走在前面的便衣贴着墙根站成一排，就站在吊挂着的猪排前面。这些人紧紧跟在缪伟后面，小心翼翼地怕被人发现。迈着小碎步，走几步就停一下。天花板的声音一出，他们立马停住了。

拽着衣领小心翼翼地向上看，掖好衣领下的枪。领头的给缪伟打了个手势，意思是——"子弹已经上膛"。随后，缪伟和刘轲继续小心前行，从狭长的走廊进入正厅。这时，屋顶上再次传来声响。

"我这几天一直守在你楼下，杨祖勇不可能溜进来……"缪伟的话就说到这。

差不多有三分钟，他们一直站在这里，注视着彼此，凝神细听。尽管是白天，可是这餐馆里的小天地却一片寂静，他们听得到彼此血管里的血在汩汩流动。

片刻过后，屋顶上的声响稍稍大了些。刘轲轻声问："你有没有听到女人说话？"

"不对，好像是有人在唱歌。"缪伟说。

正厅的尽头有一个舞台。舞台中央倒挂着一颗半米宽的迪斯科灯球。这个球正随着旋律慢慢转动。它像坏了一样，一顿一顿的。缪伟慢慢地走上台，蹑手蹑脚地压低自己的脚步声。刘轲闭着眼。从她脸上肌肉的细微颤动来看，她还在留意着周围的动静。等她睁开眼，缪伟伸出手指摸了一下她的后脑勺。然后，他将她的头发攥成一股，放在手里握着。

歌声越来越大，从空中飘了下来。缪伟也大起胆子来，摩挲着刘轲的脖子。后来，谁也说不清楚是谁先托起对方的手，又是谁先搂住对方的腰，他们就这样迷迷糊糊地跟着节奏跳了起来。

"你们海城人不跳舞吗？"

"你真怪，没人会在葬礼跳舞啊。"

进一步，进一步，退一步。

"对不起，我踩到你了。"刘轲忙说。

"没事，我也是瞎跳。"

"嗯。"

进一步，退一步。

"阿轲，玉玲跟我说，你小时候带她到过林子里。"

"崖头镇和海城交界的那片树林？"

"对，不错。可是，那地方我们海城人是不会去的。"

"为什么不去？"

"我上中学的时候，那片着过一场大火。"

刘轲不言语了。

退一步，进一步。

"玉玲跟我说，那火是你放的。"

刘轲还是没回答。

"是你放的吗?"

退一步,退一步,进一步。

"谁能在雨天放一把火呢?"

他搂着她的腰,她把手放在他的肩膀上。他们在对话中渐渐恢复了神志,发觉两个人的脚步都慢下来。最后,他们抱在了一起。

"你还怕他吗?"他轻轻地问。

"杨祖勇吗?我好像不怕了。"

"不要说'好像'。他要是来杀你,也得先问过我。"

他回答得太肯定,教她不知该作何反应。她感到他的手在裤兜里反复摩挲,最后有一个硬邦邦的东西塞到她的怀里。她低头一看,一把黑色的手枪。

"你还喜欢他吗?"

"喜欢谁,柏木吗?"

"你别拿柏木来搪塞我……"

也许是因为距离太近,也许是因为外面的动静,他们的神经又绷了起来,没听清彼此的回答。就在这时,她靠近他,踮起脚尖。

"对不起,我还没抓到他……"他咬住牙小声说。

"没关系的。"她说。

他们停在那一刻,仿佛切断了自己的过去和未来。一切都变得非常缓慢。在缪伟眨眼的瞬间,他看到天花板翘起来一个口,露出一条细缝。他总觉得刚刚有人曾对着那条缝,眯着眼窥视他们。接着,他听见了自己渴望已久的那个词。"喜欢,很喜欢。"他浑身一下子软绵绵的,几乎不能站稳。

一切都是因为刘轲。

在灰蒙蒙的斜阳里,他们摇摇晃晃地走出餐厅。趁缪伟还没有察觉,刘轲已经离开了现场。越来越多的海城人围观,他们以为又有尸体可看了。这时,一个警员凑上前向缪伟报告,死者的身份已经出来了。

***

缪伟在甲板的拐角处等刘轲。

快到北九州了。五岛对岸的短岬向海中延伸,断断续续,劈开白浪。岬角在灯塔周围的暮色中闪着微微光亮。福江岛、中通岛、若松岛自北面迫近,奈留岛、久贺岛从东向北伸展开来，城市与旷野的交界处落在海岸线上。近岸的海面已被初秋的海藻染成红色。

缪伟看到刘轲拐入甲板，从他身边走过，像是完全没有看到他似的。缪伟从后面追了过去。"摩西，摩西。"他学着日本人的腔调嚷了两句。刘轲还是没有回头。这样一来，缪伟原本已经到了嗓子眼的话，又给憋了回去。

上船之前，缪伟收到了福冈警方的消息。对方正式通知他，在北九州全境都没有柏木这个人。再早几天，法医放假回来，抱着尸块来回化验了三次，还把样本送到市里复检了一次，四次的结果出奇一致：错不了，死者就是杨祖勇。但他没有把这个结果告诉刘轲。

奈留岛离久贺岛很近，连接两个岛的中间地带能看到缓缓向海面挪移的山脉。那里有一座活火山。刘轲听到隔壁有一对日本夫妇正指着对岸的岛屿兴奋地聊着什么。岛上有一个村子，隔上几十年就要喷一次火山。明治四十三年，火山喷发过一次。当时幸免于难的一共有四十七人。他们无一例外，全都在岛外居住。其中外出务工的女人就有三十三个。去中国的最多，有十六人。

当刘轲把这段话原封不动地翻译给缪伟听时，缪伟像个孩子，把手搭在她的肩头，一动不动。

"你的日语不会也是他教的吧？"他认真地问道。

"傻瓜。"

"我没别的意思啊，我想说他教得不错。"

她笑笑。

"说说看，你为什么非要让我陪你去日本？"

他点上一支烟，还没来得及抽就被她夺走了。

"别抽烟，我怕会着火。"

"说来也怪啊，雨天怎么可能着火呢？"

入夜之后，他们还伫立在甲板上，并没有回船舱休息的打算。刘轲的鼻子被海风吹得发红。缪伟将视线从刘轲身上移开，叼着一支抽没了的烟屁股，眺望笼罩着薄雾的玄海。从雾霭中依稀可见五岛群岛前端的长崎县西部一带。

缪伟的脸像皮革，连深纹底部也晒得和肤色一样黑，散发着皮革的光泽。他跟刘轲开玩笑说，再这么游荡下去，等到杨祖勇找到他的时候估计也认不出他了。接着他自己也陷入沉默，抿着嘴，绷着脸，与突如其来的一阵强风对抗。

这次，刘轲没有笑。她从衬衣里面掏出一把有缺齿的木头梳子，伸过手去帮缪伟梳了梳头发。她身上穿的是日本女人最平常的粗麻布衣服，不施粉黛的脸散发着贝壳的光彩。除了微微晒黑的胸口，这次的远行对她几乎没有什么改变。她下半身罩在一条棉麻混纺的裙裤里，一双赤足踏在木屐上。

"你看起来可不像是一个海滨小城长大的女孩。"缪伟说。

"嗯。"

"你说等我们明天上岸了，要不要再换一点日元啊？"

"不用了吧。"

"总不能一直住在柏木父母家吧。说到底咱们不过是把他的遗物给人家送过去。"

"可他妈妈说不见。"

"他们连柏木的骨灰都不要？"

"啊，嗯。"

"哎，这帮小日本真够怪的。"缪伟叹了口气说，"那我只能在下船前，找片海把他给扬了。柏木啊柏木，这也算是送你回家了。"

一个浪打了过来，甲板上的男男女女跑开了。船头垂下的一排灯泡，挂在一截钢丝绳上不停地晃动。"谢谢你……

在遇到你之前，我几乎都忘了我生在海边。"绳子的影子爬上刘轲的肩膀，到缪伟跟前就断了。还是刘轲在说话。她说："有很长一段时间，我觉得我被陆地给困住了。陆地困住我，跟我一样孤独。"

"人有权选择自己的生活。"

风停了，太阳也升了起来。船驶过博多湾水道，缓缓驶入福冈海域。水手们用绳子把海里的鱼桶升上来，倒扣在甲板上。噼里啪啦几下，数十条腹部银白、背部青黄的竹荚鱼统统掉了出来。缪伟和刘轲看着鱼对望了一眼，笑了。这二人都红着脸，只是晒黑了，红晕不那么明显。

"下了船，你第一件事想做什么？"缪伟问。

"我要告诉你一个秘密。"刘轲说。

"巧了，我也有个秘密要告诉你。"缪伟说。

刘轲的身后是广袤的大海。她望着越来越多的货轮与他们交错而行，消失在水平线上。世界仿佛张开了巨大的怀抱，从彼岸向他们逼近。这未知世界的形象，如同远雷一般，从天际轰鸣而来。

"如果说没有柏木这个人呢？"她说。

"什么意思？"他问。

"就是说从头到尾都没有过柏木……玉玲来扮演柏木，诱导了杨祖勇，也差点误导了你。"

随后，沉默持续了一会儿。

"那你杀的是谁？"他笑了。

她也笑了："对啊，那我杀的是谁呢？"

在船头甲板上，被捕上来的竹荚鱼不停地甩着尾巴。

他们坐在船头，将视线挪向岸边。

岸上有人摇了摇手中的伞。

"看，是玉玲来了。"

上了岸以后，那天没有下雨。

黄金蛋糕

***

今年特别难。

我的儿子壮壮幼升小,一派志愿轮空。二派的学校听说在机场旁边,还没建好,而且噪音大,我们不愿意去。壮壮"落榜"那天,我跟陈盼兮请他吃了一顿下午茶。那天午饭我们特意吃少了些,就是为了下午能多吃点。临出门前,陈盼兮批评了我,她说我们不该在困难时期搞形式主义,这样骄奢淫逸的,对壮壮的教育不好。我说这顿不花钱,用的是去年公司搞年会送的免费餐券,这样她才勉强同意。出门了,她又说壮壮的学校没着落,我们还可劲儿奖励他,这样会让他觉得生活太容易,他怎么着都行。我说"坏"一次也不碍事，孩子学坏也需要时间，咱家现在没有"坏"两次的资本。

壮壮今年五岁，属鸡。他生在鸡年的正月初二。陈盼兮属鼠，她小时候有位东北的大仙儿给她算过，她将来会生一个美猴王。生猴，生猴，她从那时候起就惦记上了。可惜壮壮硬是熬过了猴年，熬走了猴，变了鸡。我说，媳妇没事儿，咱们就当他属猴，来都来了，也不差这几分钟。就这么着，壮壮又变回了猴。

当初这么一改，原本以为没什么。可谁知等到今年幼升小报名，属猴的孩子比属鸡的多出一倍，这就意味着壮壮遭遇了本不该他遭遇的多一倍的竞争。所以半年以前，我揣着户口本，跑遍了顺义区所有的重点小学。东风、双兴、马坡、北小营、张镇、西辛、仓上、赵全营。最后，我站在东风小学的门口发愣，对着他们的招生简章一遍遍地看。我看不明白。他们说，今年孩子多，您的孩子派不到这所小学。但我说，我的孩子又不是报名前才生出来的。我琢磨着，到底为什么，学校隔了六年都还没有做好迎接孩子的准备？

那段时间，我只关心幼升小的消息。我的想法只有一个，壮壮必须上个好学校。他不能像我似的，被搁浅在社会的某个凹槽里。我的"凹槽"是一家小微企业。我有个老板叫杰克逊，他已经拖欠了我三个月工资。眼看着这个"凹槽"就要撑不下去了，他才来想办法，说是要带我去跟客户吃饭。不过这次，被我一口回绝了。他知道我是老好人性格，从不拒绝，这让他反倒关心起我来。我和杰克逊在大学就认识了。我们同级不同班，我学文学，他学电子商务。他儿子跟我儿子同岁，前两个月刚被家附近的国际学校录取。老同学的下一代，不看僧面看佛面，顺道手帮个小忙。他说喝完这顿酒，他就把我这事给办了。我让他具体说说怎么办。结果他又重复了一次刚刚的话。听他的口气，十拿九稳的模样。于是，我允许他成为我的最后一点儿希望。在这么困难的时期，有希望总比没有强。

这样的兴奋感没有持续太久。去酒局的路上，我就后悔了。杰克逊嘱咐我不要当着客人叫他"老板"，要喊他的英文名。他的办公室桌上常年摆着一本《了不起的盖茨比》。他把"盖茨比"用胶带粘掉，然后在空白处填上"杰克逊"。杰克逊乐意听人夸他，越离谱越好。他喜欢在开会时突然冲出办公室，一个人喷着烟圈，以悲悯的眼光看着我们这一群失意落魄的中年下属，激烈地互相辩论着，为一张贺卡的广告词争个你死我活。可无论怎么包装，他也没办法摆脱我们公司是一个卖礼盒的小微企业这个事实。我们卖两句好听的话给普通人，却被杰克逊搞得跟个上市公司似的。所以当他边说边笑，告诉我他能帮壮壮解决升学问题时，他的那份慷慨，让我感觉他是为了在酒局上显摆才故意这么说的。当然了，除非——这个想法我到现在都没说出口——是我身上的某种特质吸引了他，让他想给我和壮壮投资。可我认识了他快二十年，这样的好事怎么现在才来？我想到这儿，倒吸一口气，一晃脑袋，唉，杰哥，我不行了。小庄，你今天是主陪，不准认怂，继续喝！这时候总是有一只手摁住我的手腕，给我倒酒。满上满上！庄树，我跟你说了多少次，不要叫老板，叫杰哥！听你杰哥的，小庄，用壶抡！

那天回家之后，我吐得一塌糊涂。我试图解释这种感觉时，用词就像酒桌上的牲口。我说不清楚。吐完了，我打了一个酒嗝说，我还想喝。听着这句话落地，我和陈盼兮两个人都陷入沉默，这是夫妻不想讲话时心照不宣的表现。后来，还是她忍不住先开了口，她说自己下午带着壮壮去了一趟派位的学校，到了才发现那儿还是个工地……我在这儿打断了她。我从马桶上掉过头来说，别说了媳妇，咱家壮壮有学上了。

事情前后折腾了一个月才消停。

吃下午茶的那家餐厅就在罗马湖，在杰克逊家的别墅区里。进门了先看到一座月牙弯的拱门，然后看到一个宽敞的露天花园，草坪上摆了十几张桌子。我走在前头，陈盼兮跟在我后面。她一边走，一边拉拉我的衣角说，真气派啊。服务员顺着她的话递了一张名片过来，说是如果我们想给孩子办生日趴，随时来找他。我把名片塞进兜里，顺便摸了摸我的下午茶券，还好，没忘了带。

进了餐厅，服务员给我们安排了一个靠窗的位置，正好对着花园的大草坪。我和陈盼兮在一对老式大靠背沙发上坐了下来。那对沙发太软，一坐下去，身子就陷进去一半。盼兮鼓弄了半天，才把腰板挺直。她揉着身后的靠枕小声嘀咕道，这玩意应该是丝绒内胆，可贵了。

下午茶套餐里有五款点心，每样两件，从三明治到司康饼、水果蛋糕，由上到下摆了三层。红茶、咖啡，另外收钱。我没客气，跟服务员要了三杯白开水。杯子很干净。透过玻璃杯最上面的那层金边，我看到隔壁桌的女孩正在吃三明治，她们从上往下吃。我透过她们，还看到她们身后的大厅，豪华又简单，也好像哪哪都镀着一层金。这样的宫殿住一百年也不需要拾掇一下。吃吧。陈盼兮说着，递给我一个小盘，里面盛着一块司康饼。过了一会儿，她又说，你先吃，吃剩下的给我。我接过盘子，却还是盯着盘子发愣。她转过身，去拿自己的盘子。就在这时，她一不小心撞倒了玻璃杯。我看到桌子上飞过一摊水。陈盼兮、隔壁桌的女孩、餐厅的服务员，所有人都听到了水声。水滴滴答答地从桌子上流下来，沿着桌子的金边滴到大理石地板上，仍然泛着金光。一切东西都静止不动，被什么人的一双金手轻拿轻放，放进了一阵酣睡。只有一只鸟儿在我耳边发出抑扬顿挫的长声，像是在问："壮壮去哪儿了？"然后她马上又回答了自己："这孩子怎么跑到花园里了？"

壮壮跟我一样，最常做的姿势就是呆然不动。他能一连几个小时站在一个地方，纹丝不动地盯着一个东西看。这一点随了我，我们这种人，看到喜欢的东西就忍不住走神。有时候心血来潮，也会活动一下，不过那通常是在应激反应下的无奈之举。陈盼兮拍了我，我才摇了一下手，意思是先别说话，然后我继续出着神，欠身走出了餐厅。

壮壮正盯着一块金色蛋糕看。那个蛋糕至少有十寸，足够六七个人吃。我了解我儿子,上次他这副样子是我带他去罗马湖钓鱼那回。他一声不吭地站在河边,四五个钟头,用尽全力看我拿大鱼钩钓小鱼。他的目光凝聚在我背上,我知道他在用力看我。我嗽一下喉咙,好几次举起鱼竿来故意放出长线,可他还是站在原地,一动不动地呆望。壮壮,你看什么呢?每次都是我先开口,因为我等不了,再等下去就是别扭。我把手放在他的小脑袋上说,壮壮。他没理我。我说,过两天有个叔叔来接你去新学校里转转,你去吗?他摇摇头。这时我的手机响了,我划开看,刚好是杰克逊的消息。壮壮突然收起了久久的凝望,剩下两只小手还在活动。爸爸看蛋糕,黄金蛋糕啊!他说着着急地转过头,冲着我一顿比画:"爸爸爸爸,我就吃一块,好吗?"

***

"无论是现在还是年老,我们都要不知疲倦地为别人劳作,当我们的日子到头,我们就平静地死去,我们在另一个世界说,我们悲伤过,哭泣过,痛苦过,这样上帝就会怜悯我们。"

我和杰克逊是因为这段台词认识的。

那年也是鸡年。过完年后,我们选上了同一门课,《西方现代戏剧史》。他一直没来上课,直到期中考试前一礼拜才来。他问我借了笔记本,抄下了契诃夫的这段话。然后他告诉我,他在这所学校没有可交的朋友,这儿的人都配不上他。他说,他爸是外事口的一个领导,他以前跟着他爸去过一趟俄国,他还去过契诃夫的故居。在我们班这群人当中,剧作家的生平只限于几则半真半假的奇谈和两三个不好笑的笑话。可是对于他这样见过些世面的北京小孩来说,这些东西未免太无聊了。要是我们班的人都像他那样去过俄国,知道契诃夫的故居不过是一幢破楼,那么我们也就没有上《西方现代戏剧史》的必要了。他跟我讲完这些之后,做出一脸严肃的表情。接下来,他跟我对了一下"出身"。他问我是北京哪个中学毕业的,我说我是河北清河考过来的。要是我老婆陈盼兮当时能听见我不打磕巴地说出这些话,她保准会高看我一眼。顺便说一句,我们学校的生源大多是北京本地小孩,像我这样的外地人只占不到百分之十。不错啊你小子,深藏不露。杰克逊拍拍我的肩膀说。后半学期的排练,他总是在我上台时笼络一众女孩，撺掇她们为我鼓掌。杰克逊领着大伙冲我吹口哨，嘴里嚷嚷着喊道："庄树，清河之光！"

在我印象中，生活的步步紧逼、层层压榨，也是从那一年开始的。

到了期末，全班分成两组，排演契诃夫的话剧。我和杰克逊，还有孙向远分在一组，他们起哄让我来做导演。在分完组的剧场里，我身边就是孙向远，他当时正低头凑着一本书看，契诃夫的短篇小说集，他正读到《胖子和瘦子》这篇。孙向远是个勤恳谦虚，可是没有天分的男孩，年纪比我们都大，头已经秃了。他应该跟我一样，都不是北京人。因为他一天到晚守在图书馆里，看书。一到周末、节假日，他还在看书。我知道，那是因为他没地方可去。我甚至能一眼看穿他的将来：他毕了业会争取留校，一辈子要写出许多枯燥的学术论文。但我知道，他写不出一篇契诃夫那样的故事。做剧作家首先得有想象力，有热情和灵性，可孙向远身上没有这些东西。多年以后，事实证明我的推断没错。他确实过得循规蹈矩，我听说他成了一名律师，但在许多年前，他自己可能都不相信，他竟然在我们组里负责改写话剧。

我记得有一天早上他急匆匆地找到我："怎么办，杰克逊罢演了！"孙向远双手合掌在胸前来回搓着。这个人对权威有着奴性的崇拜，班上的老教授、辅导员、班长、学习委员，甚至连杰克逊这种没人摸得清他背景的人，孙向远都要挨个码头拜过去。想打消他的念头十分困难，要跟他争论更是不可能，因为他坚信只有把权贵伺候好，他才不会过得太坏。

我和孙向远在食堂包子铺档口，压低了喉咙说话。我们的神色有些变了。他告诉我，杰克逊不想演瘦子了，他觉得瘦子没有胖子有戏。食堂里海浪翻滚的嗡嗡说话声，快速遮过了我们，让人心里生出一种做什么都没用的感觉。上大学之后，我还没习惯这种感觉，排戏的时候看着上蹿下跳的北京同学，我也不知道该说什么。倒不是说我害怕，这不是胆怯，而是另外一种感觉。然而究竟是什么感觉，我说不出，契诃夫的剧本里也没有写。最后，我们决定站在食堂门口吃包子。孙向远只吃一个，把剩下的包子往书包里塞。我不经意瞧了一眼他的书包，瞥见两个罐子。庄树你说说，要是我把这几罐辣酱送给杰克逊，他会不会就不闹了？后来，等我们真在校门外的酒吧街找到杰克逊，孙向远就捧着两个罐子冲到杰克逊面前，他表忠心似的说，演什么戏、怎么演，加不加戏、怎么加，全听您老的！我呢，也装出一副愿意为杰克逊再打磨一下剧本的模样。青年时的友情，总是若有似无的。回学校的路上，我们三个并肩走在林荫大道上。杰克逊搂着我的肩，我捧着孙向远孝敬他的辣酱。孙向远则在后面跟着，一路嘻嘻笑着。

《胖子和瘦子》的故事非常简单，讲的是在沙皇一世的俄国，两个儿时的朋友在火车站相遇了。瘦子是个八品文官，胖子是个三品文官。瘦子在跟胖子的对话中，逐渐发现对方是自己的长官。他的变化，就从他喊朋友那一声"您老"开始。孙向远代替杰克逊出演瘦子，到了终演时大家都说合适，尤其是他的微表情和小动作，他弯下整个身子去一鞠躬，欲拒还迎地握住杰克逊伸出来的三个手指头，嘴唇一抿，发出"您老嘻嘻嘻"来，他简直把契诃夫笔下的奴才给演活了！相比瘦子的本色出演，胖子的表演就稀里糊涂得多。我怀疑杰克逊上台之前压根没看过剧本。他在十分钟的表演里，不断地忘词。一旦忘词，他不是对着瘦子咆哮怒吼，就是对着台下的观众捶胸顿足。

没到终场谢幕，台下的观众已经走了大半。落幕了，我的面前有零零碎碎十几张面孔，彼此全不相像，几十只眼睛直勾勾地盯着我。我不知道我为什么要站上台去。毕竟，我要做的事情还有很多。我得同时负责舞美、化妆、灯光和拉大幕。如果我不做,杰克逊和孙向远就会带着本该负责这些的同学把我赶下台去。我听见有人在台下嘘我。可我没有走,我弓着腰,站在一片嘘声中。我巴不得台下的所有人都害怕,我希望他们都怕了我,拼命喊叫着跑出礼堂。也是从那时候起,我一害怕就会出神。

当时的我并不像现在这样漠然。大学最后两年,我旁听了学校里所有能听的历史课,也没能明白:大多数人进入千禧年后还在经历所谓的一九九〇年代。这也就意味着,从逻辑上来说,大部分人在谈论一九九〇年代时,实际上是在经历一九八〇年代。我把这句话原封不动地告诉我在清河家具城上班的父母,他们说我学坏了,净学了些资产阶级的知识。

他们的逻辑很简单,只有资产阶级家的少爷小姐才有青春期和罗曼史。少爷们的反抗是出于百无聊赖。对我的父母来说,反抗只能有一种意义,那就是摆脱贫穷。他们每天拼命地接活,开小作坊轮流帮人做工。他们什么活儿都接,做木匠时是木匠,做铁匠时是铁匠,电工也会两手。我是他们的儿子,所以我的反抗也注定只有一种,那就是拼命地劳动赚钱，成为像杰克逊那样的有钱人。

阔人的身旁总少不了寄生者。我受不了孙向远在杰克逊面前装出来的那种音调发颤的笑声，我受不了班上的女同学遇到杰克逊时总是眯起眼睛的那种表情。更可悲的是，我不明白一个真心喜欢契诃夫的人，为什么也会加入这帮人的阵营。最后还是孙向远这个耳报神给我递了信儿来：老教授要送儿子出国，有求于杰克逊他爸。可我当时怎么也不明白，一个孩子能比得上文学？这件事在我心中引起的惶恐持续到期末分数下来的那天。教授特意把我叫到了办公室。他捧起一杯龙井，吹开浮面的茶叶，抿了一口。茶水的热气，把他的眼镜蒸得模糊了。他摘下眼镜，一面擦，一面觑起眼睛看我，他叹了一口气道："我听其他同学说，你对我的评分有意见？"我只好照实回答："剧目没排好，我应该负主要责任，可是……"他抬手打断了我。我还记得他脸上现出的威严，还有平素为学生操碎了心的神色。他说："庄树，你知道我对你抱有很大的期待。"接着他随和地微微一笑，再次觑起眼睛。直到我毕业后进入社会，我瞧着每一个想要裁掉我的老板，他们脸上都有过这样的表情。我后知后觉地明白过来，那是一种轻蔑的善意，一种平庸之恶。他听说我有意从事文学，就给了我他最中肯的建议。他甚至觉得那是祝福，他笑着说："庄树，你不是那块料。"

***

算上今年，我步入社会整整十年。工作中大部分的事儿，我都记不得了。时间证明，我这块料确实不堪用——这些年只有一件事，我记得非常清楚——很多年前，一个傍晚，我从报社离职后亲眼见证广渠门桥下的涌潮。

月亮时断时续的柔弱光线洒在广渠门的桥下，偶尔伴随着手电筒的强光照明。一辆崭新的SUV四座车安静地漂在水里。接着是一阵骚乱，然后众人引颈瞭望。雨水仿佛改了主意，桥下的水面在雨水的拍打下激起了一道两三尺高的浪。两岸间的水位一路突破，我不知道世界什么时候会突然栋榱崩折下来。这倾天而降的大雨对我们所有人毫无保留，在我们身边奔涌而过。在黑暗中，人很无奈，那种无奈是由衷的、原始的、本能的，我们无奈，任凭大雨奔流。

雨不像雨，它变成了一股愤怒，一声咆哮，一场爆裂。

它先是在城市的高空侦察，接着犹疑地落下，它在立交桥的两侧盘旋，将所有活着的东西卷入桥下。最后它淤积着在桥底，不停地在原地打转。我一个人站在桥上。我觉得自己实在无法描述当时那一幕带给我的震撼。我感到一切的一切都融为一体了。大自然凶猛狂暴，极具毁灭性，反倒让人搞清楚自己几斤几两！我全神贯注地凭栏眺望着更远的地方，北京骤然间变成了海上的孤岛。眼前的一切令人既兴奋又不安。在黑黢黢的漫漫长夜，雨就这么下着，倾泻着它的绝望，丝毫没有变小的迹象。

我呆站在原地，等待大雨过后的城市复归原样，释出一种湿漉漉的干净。

***

陈盼兮跟我不一样，她有"老毛子"的血统，八分之一俄罗斯混血，所以她经常说自己是战斗民族，而且她一边讲自己的家史，一边又摆出不以为意的模样。在她们呼兰河，像她这样的混血一抓一大把。放在中华人民共和国成立前，那都是一皮卡一皮卡的，军绿色皮卡那种。所以她也经常搂着壮壮，说一些没头没尾的故事，那些大多数是她听来的，从她爸妈或者姥爷姥姥那里。她告诉壮壮，他们的祖先是"骚达子"，"老毛子"的骑兵团。他们一路从莫斯科来，抽着"木什都克"，喝着"毕瓦"，嘴里啃着"塞克儿"或者"大列巴"。他们见了美女就喊"哈拉少"，见了乞丐就骂"拔脚木"。想要赶在西伯利亚的北风吹来前，带回去一些中国的"老薄待"。只在这儿，陈盼兮停顿解释了一下，老哈尔滨人管卖苦力的叫"老薄待"，这话是她曾祖父那辈的毛子语。也是因为这"老薄待"，他的曾祖父就此耽搁下来，在中国一住就是半世纪。

　　这些事我都是在壮壮出生后才听她讲的。我们结婚之前，我曾经一度以为她是一个南方姑娘。小鼻子小眼，眉清目秀的。无论是她把我从下着暴雨的桥上拽了下来，还是之后谈恋爱我送她回家，或是她半路停下来跟我接吻，或是我抱着她走进她的房间，或是她脱下内裤递给我一盒避孕套，她的动作都是那么小而精巧，叫我始终觉得她应该是个南方人。而且，她呢喃喘息的声音里没有"大列巴"的味道。

　　大年初二，盼兮生壮壮的那天晚上，我和丈母娘徘徊在产房门口。产房里寂静极了。我急得后背出汗,摇晃着,坐立难安。可我的丈母娘却把脚跷在窗台上,安心地涂着指甲油。她那一张标准的国字脸,配上高高绑在后脑瓜顶的大红丝带,再对我说话,那简直像是一个战斗女英雄在分享她的革命事迹。她跷着脚,一遍一遍地涂指甲油。甲油的颜色跟脑门上的丝带一个色。丈母娘心不在焉,嘴里哼着《莫斯科郊外的晚上》,时不时提醒我:"别担心,你太小看咱们家盼兮了,你怵啥?"

后来,我丈母娘告诉我,我媳妇小的时候曾经在市集上被人掳了去。坏人们就是呼兰河下岗厂子的"老薄待"。他们其实啥也没干,只是在结了冰的河面挖了两个窟窿,把陈盼兮给丢了进去。陈盼兮也没叫,没呼救。她任由他们用一条绳子穿过她的胳肢窝,然后绑在一条弯曲的木棍上。这条木棍,在零下二十多度的河水里,从一个冰窟窿通到另一个。陈盼兮呢,她就穿着一身丈母娘新给她做的花棉袄,扑通一声跳进冰窟窿。她不是被那帮"老薄待"推进去的,我丈母娘非常肯定,陈盼兮是自己跳进去的。这些人把她从冰底下拉过去,再从另一个冰窟窿里揪出来。等到我丈母娘拎着木棍赶到,那帮"老薄待"早跑了。陈盼兮被街坊们拉了出来,躺在雪地上动也不动。她浑身上下都僵了，花棉袄上结了厚厚一层冰。就在大家都觉得这孩子活不了的时候，陈盼兮连着打了几个冷战，然后使劲打了一个喷嚏，全身缩成一团。从那以后，没有人再敢欺负陈盼兮了，因为呼兰河人都知道，这孩子身上有"老毛子"的血统。她天生就是一条好汉，啥也不怵。

按照陈盼兮自己的说法，她的前半生可以用一句话说完：五岁钉过一个小板凳，八岁从呼兰河最高的樟树上头朝下栽下来，九岁开车撞过一根柱子，十二岁从冰窟窿里爬出来，十五岁自己编写了一整套呼兰河百科全书，十九岁离开呼兰河去北京闯荡，二十八岁在一场特大暴雨中救下了我，原本计划三十二岁结果三十三岁生下了一个小孩……今年她三十八岁，刚刚辞掉了工作，在家全职带壮壮。

从她身上我意识到一件事，不是一定要读过很多书，才会变成一个奇怪的人。她读书很少，但她勇敢、乐观，性格里天生带着点怪。十年前，当我被困在广渠门桥上，她打着一把被风吹烂了的雨伞出现在我面前。那把伞只剩下伞骨了。我接过她的伞，抹了一把鼻涕说，它坏了……她却用柔和的低音说,我看是你坏了吧?我到现在还不确定,她当时到底说的是问句还是陈述句。她爱谈严肃的事儿,可是凡事经她一说,就不严肃了。她老是爱挑刺儿,可好在她的抱怨和痛骂并不刺耳,很快就让人听惯了。我们刚认识那会儿,每回见面她总要带来五六个生活趣事,照例在肯德基一坐,能讲一个下午。

陈盼兮比我大两岁,她的同龄人中有人去偏远山区做了小学老师,出发到藏区,在那里教教书、放放羊。她说她可没有那么高的境界。她高中毕业之后只读了半年幼师就辍学了。"我跨越过时代,如兽般的姿态,琴声唤起——沉睡的血脉。"在别人都努力去考教师资格证的时候,她哼着周杰伦一个人来到北京,四处游荡。她当过餐厅服务员,批发过小商品,发过传单,刷过墙,还把自己写的百科全书推销给一家出版社。在那个没有微信、支付宝的时代,她把从北京挣来的钱,一张一张地叠好、码好,等到过年的时候,一次性背回家。上火车之前,她总会在裤兜里多揣一百块。她说这是给小偷的压岁钱。小偷拿了这个钱,就不好意思抢她的辛苦钱了。

恋爱三个月后，我们各自退掉房子，搬到了一块。那时，我已经离开报社快一年，开始在一家广告公司上班，负责写贺卡祝词。不知道是不是受到爱情的滋润，我那段时间卖了不少畅销的爱情贺卡——"我们的相遇是个奇迹。""这是不是你我生活的写照？""每天有每天的快乐，今天是新婚快乐。"稳定下来之后，我和陈盼兮贷款在顺义买了个一居室，每天都搭公交去市区上班。我们俩的单位离得不远，我每天下班后都会顺路捎上她。我继续写我的贺卡，生活就这样持续下去。某位中国圣贤曾说，婚姻就像是一顿冗长而无聊的饭局，最先上的是美味的蛋糕。我陶然于婚姻当中，过了很久才意识到说这话的"圣贤"其实是惦记着北京特产的蜂蜜鸡蛋糕。于是赶在年前，我特意抽了一天起早去前门点心铺排队，准备给丈母娘买一盒蛋糕。

我没想到会在店门口遇上杰克逊。他变胖了，看上去更有钱了。他说着跟以前一样的刻薄话，我听着。我想他这种挑别人毛病的习惯，表面看上去无伤大雅，实际上却在把他拖进一个深渊。不过，我想他也不在乎。他告诉我，老教授退休了，孙向远没有留校，当年我们组的演员没有一个去做戏剧，或者文学。我听了这话，心里直发闷。他提搂着三盒点心，把我拽到了路边。他仔细询问，想知道我现在在哪儿高就。他的表情还是那么神气、傲慢、粗鲁，一点儿没变。那种一本正经说废话的本事、那种说完废话还讪笑着不走的能耐，都让我不能理解。我听着听着就出神了。这是我婚后头一次出神。我凝视着他，脑子一片空白。他以为我的沉默是对他的鼓励，于是继续说了下去。他想让我去他的公司上班，一家新成立的广告公司。他掏出手机给我看他们公司做的礼盒。一个圣诞树型的纸盒，表面涂了一层亮晶晶的金色颜料。盒子的一角用英文写着一句话，他怕我看不懂，还特意用中文帮我念了出来："每天有每天的快乐，今天是圣诞快乐。"

回到家后，我坐在客厅里抽烟。我想不起来究竟有没有买到蛋糕。我感觉到累，用陈盼兮的话说，怎么好好的就没劲儿了呢。这种累很真实，成了我身体的一部分。或许我一直都是这样，生活在别处，而此处的生活没有一样是重要的。"你是我最重要的人。""能让我狂奔的，除了大雨就只有你。""山河错落，你是人间星光。"我的生活完全不是我在贺卡上说的那一套。然而我们身边的大多数人，就吃这浮于表面的一套。杰克逊招我当内容总监的时候，反复强调让我把这一套吃透了、做通了、做好了，他说只有这样大家才能服我，我的工作才能做实做稳。其实谁都明白，不是我写了这些话，而是这些套话牵着我走。

上级指示，下级汇报，纸张涨价，设备换新，我进了杰克逊的公司之后，什么都得管，还管过一阵食堂。我蹲在灶台下帮大师傅修燃气管，顶着一脸的灰，任凭油污沿着管道滴到我的脖颈，想出了那年我们公司最畅销的祝词——"人生百味，唯你是甜"。

所有的祝词，卖的都是我们对另一种生活的渴望。我把它献给了陈盼兮，她把这句话埋在了呼兰河畔的雪地里。那时，她拉着我踩在烟灰色的河畔上，步履轻盈得像风在枝头。

"再见了庄树"——没等我与过去好好告别，陈盼兮就怀孕了。她告诉我，她怀上了壮壮。

***

"如果你年轻十岁，还会走一样的路吗？"

我在周一的例会上走神了。杰克逊隔着桌子向我脸上丢了一支笔。他让我站起来给大家念一念PPT上的标题。我看到了,我也照着念了:"如果你年轻十岁,还会走一样的路吗?"

我不知道。

同事们正在讨论新一期选题。殡葬部坚持推他们的新贺词——"你的生活一成不变,倒不如节哀顺变"。按照殡葬部的说法,人生不过几个十年,年轻十岁也不能真正改变什么。现在的年轻人不想回到过去,生活已经够"卷"的了。一不小心穿越了,搞不好要再多"卷"十年。婚宴部不同意。婚宴部说,传播正能量向来是我们公司的营销特色,现在外面那么多失业、待业、自主择业的人,有相当客观的市场需要我们去挖掘,有相当大的人群需要我们去补给正能量。再说了,要是真能回到十年前,那至少先在二环里按揭下几套房子,留着给孩子结婚用。

杰克逊从我的对面站了起来,他把半杯水吞进口腔,快速地咕嘟了一圈后吐了出来。他把那杯水推到我的面前,然后笑着说,你们都别争了,听听小庄怎么看。

众人一起笑。我抬起头,四下看看,左右两个部门的人都没发现我在走神。我捡起杰克逊丢过来的笔,双手交叉放在那杯水的面前。从我进公司以来,大大小小的会议参加了不少，但从来没被这样邀请发言过。一般都是杰克逊说，大家听，我记录，或者大家说，杰克逊听，我落实。我捏着桌前的杯子，坐在那儿，十分羞惭似的，黢黑的面孔一下子都涨紫了。我偷偷瞅了杰克逊一眼，嘴唇忍不住抖了起来。

同事们渐渐安静了。大家都把身体靠向了椅背。过了一会儿，殡葬部的主任把椅子拽到了我面前，说："老板都发话了，庄经理你来表个态吧。"

大伙又笑，杰克逊当然也笑了。婚宴部的主任掏出一包中南海，撒了一圈，转到我这儿递上最后一支，笑着说："我到现在还记得庄总的那句'人生百味，唯你是甜'，真不得了，一口气蝉联了咱们三个月的销售冠军。庄总，抽一支。"

我佝着头，呆呆地望着那杯水。半晌，我搂起那杯水腾地一下站了起来。就在所有人都以为我要把水泼到杰克逊脸上时，我抄起杯中水，一饮而尽。我到现在也没弄明白自己为什么要喝这杯水。杰克逊怔在原处，看得明明白白。直到杯子脱手了，砸在办公室的木地板上。十分灾难地咣当一声，碎了一地。这时，杰克逊才捞起他那身十分金贵的西装，像个伟人似的笑了。他用下巴轻轻一指，婚宴部主任开始拾捡地上的玻璃渣，殡葬部主任马上冲上台翻了一页PPT。杰克逊依旧看着我,坚持由我来为大家宣布公司的新项目。

"黄金蛋糕"。这四个字短短的,要是真念,其实不难,可我就是凛在原地,僵持着,一动不动。我感觉自己又被推回大学的话剧舞台,那些契诃夫写的台词一直留在我的身体里,相当重要,不想起总是牵牵挂挂,难以释怀。我最终也没能想起来,还没有读出眼前的四个字就已经满腹怅然了。

周一的例会到此结束。

***

今年是虎年,我三十七岁。我年轻的时候,觉得三十岁以上的人都是中年人,四十岁以上是老年人,五十岁以上就跟潘家园的古董没两样了。那些最好的作家,像是契诃夫,在二十三岁时就写出了《胖子和瘦子》,或者陀思妥耶夫斯基,在二十四岁就发表了《穷人》,他们统统是在三十岁前发迹的。如果一个人三十岁了还不能有所作为,那他之后的人生更难指望些什么。而悠悠流逝的时间,也证明了我那时的想法没错。我年轻时引以为豪的年龄优势,竟然随着时间消失不见了。没有人会因为年轻而得到原谅，再年轻的人迟早都会变老。

一进家门，我听陈盼兮说壮壮在学校新学了一首歌。她问我有没有听过少年合唱团的歌。我说，没有。她说有一首叫《老某某祝你永远年轻》的，非常有名，去年还拿了北京市合唱节的奖。那么，老庄树祝小壮壮永远年轻？看来，同样的少年不知愁滋味真是代代相传，想到这儿我就笑了，逃避现实的讽刺谐语也是代代如此。我把壮壮叫到客厅，搂着他问他还学了什么歌没。再没有了，他回答说，合唱团候补成员只能学这一首。什么意思？你们刚入学就分正选和候补？候补就是候补，这是老师规定的，候补学生不能登台演出，也不能参加比赛。我听了这话，当时就笑不出来了。接着，壮壮又给我唱了一遍《老某某》。我发现他一直重复着歌名，唱不出任何新东西来，因为他们候补的学生就只能学这么多。他说，爸爸，这样最好啦，想唱多久就唱多久。

第二天早上，我送壮壮上学。

过了七点，陈盼兮还没起床。她不是病了，近来她起了点变化。在接送壮壮这件事上，她能避则避。尽管她在壮壮出门时还会问这问那，笑着，搓手，但是刚开学时总想去校门口见见世面的那种殷切，已经消失不见了。她为难，同时又为她的为难而不好意思。即便她不说，我也猜到了个大概。

等我到了校门口，果然迎头撞上杰克逊的老婆，时髦，漂亮，装束上流。我跟她寒暄了两句，立马就明白了陈盼兮的顾虑。这女的跟她老公一样，嗓音里天然带着一种富贵人家"嘻嘻嘻"的嘲弄。我很怕跟杰克逊老婆这样的人讲话，因为说不上几句，我就会忘了该怎么讲话，倒不是怕露怯，我更怕的是——讲着讲着，就跟她一样拿腔拿调了。

人生的时间越来越少，我已经浪费了很多，不想再继续浪费。我喜欢凡事有条不紊，我把每天要干的事儿记在一个小本本上，然后把这个小本揣在我的左腿裤兜里。我还喜欢把家拾掇得干干净净，好像只有这样它才配得上我们每个月一万多块钱的房贷。我还喜欢跟邻居搞好关系。隔壁邻居家门口的脚垫一年四季都摆得端端正正，这也是我的功劳。我不喜欢邋里邋遢，也不想死后给老婆孩子留下一个烂摊子。前不久，趁公司不太忙的时候，我已经找律师拟好了遗嘱。

我的律师，其实就是我的大学同学孙向远。我撞见他是在我离开壮壮学校之后。大约在中午，我来到罗马湖的法餐厅订蛋糕。孙向远瘦了很多，过去的圆脸已经消去了婴儿肥。很奇怪，他完全不像杰克逊那样，他没有发腮。深蓝色的眼镜框后面藏着一双黑色的眼睛，脸上带着聪明人有所保留的微笑。也许是因为瘦，他看上去比从前精干多了，给人一种值得信赖的感觉。他说我看上去还是那么"伤感"，只是老了一点儿。他还问我记不记得，演完《胖子和瘦子》的那天晚上，我在一个聚会上喝了点酒，有点伤感，这时新闻系的一个女生路过，同情地问我是否还好，大家都没想到我的回答竟然是——"蚜虫吃青草，锈吃铁，虚伪吃灵魂。"我说我不记得了，所以后来呢？后来那个女孩回答说"又来这套"，然后立刻抽身而去。说到这儿，孙向远笑了。他说好像就在那一刻，契诃夫彻底消失在我们的青春里。女孩嫌我们矫揉造作，文艺腔不仅不能让我从人群中脱颖而出，反倒成了泡妞的障碍。

　　孙向远主动跟我提起了杰克逊。他问我还记不记得这个人，孙向远前几年偶尔会想到我，想过要联系我们，可他又害怕我们把他忘了，毕竟，他从来不是话剧组的核心人物。庄树，我想呢，都过去这么些年了，也该说出真相了。他继续说，当年老教授批评你，其实是杰克逊去找了教授，说你这个人有点虚，还有点飘，总之是他在背后捅了你一刀。我说，哦，还真意外。他说，杰克逊可没把你当朋友，他觉得你出身不好，还自视甚高。我知道，他还说什么了？孙向远顿了一下，他再次聊到了《胖子和瘦子》。他一本正经地问我，这个故事到底讲了什么。我说是童年朋友的反目，贵贱阶级的敌对。他摇摇头。他怀疑我到现在还是误读了作者。我说契诃夫在原版小说中就写了这么多，三页纸而已。他说问题就出在这儿，这是一篇小说，不是戏剧。小说跟戏剧不同，人们总是可以自由地选择不相信，而这份自由，这种怀疑的本事，才是文学的现实要素。他继续说，即使你相信胖子和瘦子的话，你也"不完全"相信，你相信的是自己心中的"好像"。你合上书，出门随便干点儿啥都行。

孙向远走后，我又坐了一会儿。按照"黄金蛋糕"计划的要求，我需要把三十个金箔蛋糕的钱一次性付清。付完了钱，我向服务员要了一份蛋糕介绍卡。然后我一边读，一边眺望敞开的玻璃窗外面。我看见花园里用尖头木棍编成的栅栏和两三棵瘦梨树、苹果树，还看见远处栅栏外面的四环主路、高楼以及瓦蓝的天空。服务员递上收据时乐呵呵地给我指了指花园的栅栏墙，他说这里经常举办名人婚宴，几年前有一对明星夫妻结婚时,有狗仔爬到了栅栏上面。后来呢?我问。摔下来了,但是没死。服务员离开了,我还盯着那堵墙看。我隐约看见两个衣衫破烂的小男孩爬上花园栅栏,笑我的秃顶。在他们亮晶晶的眼睛里,我读到了——瞧,那个秃头!

如果我年轻十岁,再十岁,再再十岁,我会加入他们吗?我满脸通红。然后我捂着自己的头,差点儿忘了拿发票,匆匆忙忙离开了餐厅。

***

契诃夫说,真正伟大的灵魂都是淡漠的。这话对,又不全对。淡漠是灵魂的麻痹,提早的死亡。现下的世道,死也许比活着要容易。每个人都在麻痹自己,还要故作在意。

法餐厅的服务员根本不想知道我买这些蛋糕干什么,可他还是在把蛋糕交到我手上时搭问一句,这就像我根本不想知道杰克逊要这些蛋糕做什么,可我还是刷自己的卡帮他付了钱。这几个月公司的生意十分惨淡,账面上所剩无几。写贺卡的人,远没有他们自己说的那么坚强。到了现在,冷冷清清，连殡葬部也写不出中听的悼词了。我想这些黄金蛋糕也许来得正是时候。在这样的贫乏下，人总会需要一些形式化的东西。不然怎么解释，婚宴部的乐观主义者，殡葬部的悲观主义者，全票通过了这项计划。

我用收据换来了三十个金箔蛋糕。

三十个蛋糕盒排成一行，镂空的蛋糕盒向外闪着金光，这明明是一群等待我检阅的士兵。服务员拆开了一个盒子，捧出了一个蛋糕来。他热情地瞧着我的脸，详细地介绍了一遍蛋糕的工艺。他说这款蛋糕原来是专供法国皇室宴会使用的。它被路易十六称作"黄金蛋糕"，在法国的名气大极了。

餐厅到我家的距离不算太远，可我还是叫了一辆货拉拉来，不是为了摆谱，我只是单纯觉得这些蛋糕值得打一回的。刚上车时，我坐在蛋糕中间曾一度摇摆不定。两边的窗户对开着，窗外的穿堂风使劲往车里钻。我看到货拉拉开上了一座立交桥，有点像是我当年待过的广渠门桥。尽管摇晃，我倒觉得桥还挺美。我也喜欢黄金蛋糕在我手里、我在桥上摇摆起来的模样，它们似乎提醒着我，要不时瞅瞅脚下，自己是否真的站稳了。过了桥，等红绿灯的时候，我接到杰克逊的电话。杰克逊就是杰克逊，过去是，现在也是，一个习惯了发号施令的男人。他给我打电话向来如此，避重就轻，只字不提他欠我的蛋糕钱。三万多块钱呢。他也不会搞领导关怀下属那一套，半心半意地询问我的生活。他没有问我在哪儿，直接就让我到顺义国际学校门口等他。

我没想到的是，他竟然比我先到。我从车上一眼就认出了他，除了他以外没有男的会穿那么夸张的皮草。他一个人焦躁地站着。我看了看手表，很准时，一分不差。接着，我们四目相对。

杰克逊说，庄树，你可算来了。他不等我回答就径直往校门里走。他脚步很快，要想跟他并排走我就得小跑两步。我中间试着打断他几次，可他仍旧自顾自地迅疾而走。为了不助长他嚣张的气焰，我选择慢悠悠地跟在后面，一直走到教学楼门外的长椅前。空空的长椅对着校园的操场。绿油油的草地上，铺的都是假草。我隔着长椅看了看他，心想：这么多年，他没怎么变，可是我变了。他也回过头来看看我，叉腰站在教学楼的台阶上。他说，庄树，你最近头发掉得更厉害了。我说，你找我来学校干吗？来学校干吗？他学着我的样子重复了一遍。我说，是你打电话说要我赶紧来的。他说，是我吗？我说，难道不是吗？最后他说，我发现庄树你这个人啊，这么多年都没长进呢。我故意不作任何反应，跟着他进了楼。在敲开教务人员办公室的门时，我没马上坐下，也没有跟着他激动地站起来。我觉得当着孩子们，这样不合适。壮壮和杰克逊的儿子，两个人靠墙低头站着。他们的面前还有一个骨瘦嶙峋、镇定自若的外国男人，留一把不长的、稀疏的淡褐色胡子，他是杜瑟尔先生。

先生们。杜瑟尔先生。就这样，我们双方你一句我一句地互称先生，足足持续了半个多小时。其间，这个英国人给了我们一点儿专业性建议。他告诉我们，两个孩子为了争一个合唱团正式名额大打出手，这真是没有必要。他来北京十五年，来这所学校十二年，从来没见过小孩打架出手这么狠的。依他之见，为了一个上台表演的机会而把小伙伴的门牙打断，实为愚蠢之举。我喜欢他这么说，倒不是说他替杰克逊的儿子辩护，而是喜欢他的措辞。"愚蠢"，这个词真是比"傻""笨""不行"或"不合适"好多了。用"愚蠢"来形容杰克逊，我以前怎么就没想到呢？不过接下来，他让孩子们抬起头，我一下就沉默了。他指着我的壮壮说，他去操场上拉架的时候，这小子正骑在杰克逊儿子的背上，把他往死里打。

我环视了一下这间被刷成奶白色的办公室,屋内摆了些盆栽,书架上堆满了各种大部头的精装书,一幅苏格兰风景画,桌子上还放着一些止痛药。我回头望向杜瑟尔先生,他正讲道,如果壮壮愿意跟小杰赔礼道歉,这件事还有转圜的余地。杜瑟尔先生顿了顿。他问我们知不知道英国人为什么不玩美式足球。我笑了笑,从一开始走进这间办公室我就没搞懂杜瑟尔先生的心态,我这一笑显然笑得不得其所,被杜瑟尔先生看见了,于是他走过来对着我说,我无意刺探您家的情况,但是,庄先生,我们这里是英式教育,英国人培养出来的是绅士,这一点和美国人可不一样,我们不会十几个人挤在一个泥坑里,抢一只皮球。

杜瑟尔先生拆开两片药递给了杰克逊的儿子。那小子一抬起头,我才发现事态的严重程度。他的四颗门牙被打掉了三颗。杰克逊站过去搂着那小孩,一个劲儿地说,没事,没有事。事情之所以严重就是因为没有事。事情再大都有个边,只有没事的事儿才可怕。也是在这时,我的手机响了。陈盼兮问我壮壮的情况,她显然已经知道出事儿了,她在电话那头哭着,听得出伤心。我"喂"了一声,那边传来一个外人的声音:"蛋糕要放阳台吗?"陈盼兮在电话里头问我:"壮壮还好吗,他没受伤吧?"远处人又说:"全放阳台了啊。"我皱起眉头盯着壮壮看,我从他这张小脸上几乎能看见我老婆这会儿的模样,她用手指指货拉拉的师傅,指指阳台,再指指那三十盒蛋糕。我说不上来为什么,突然蹿上一阵邪火,对着电话厉声说:"他打谁不好?非要挑那谁的孩子……咱家壮壮都是被你给惯得,不像样!"但是我的严厉立即遭到了回击:"壮壮跟你一样那敢情好,天天做缩头乌龟!"我说:"打了人,是要赔钱的!"那边不哭了,摔断了电话。我听到了陈盼兮挂掉电话前的最后一句话:"你信不信我把你那堆破蛋糕全给你扔了?"我认真听了几秒忙音,然后把手机关了。杰克逊和杜瑟尔先生,包括两个孩子,全都怔怔看着我。我把手机扔到一边,膝盖啪嗒一声磕到地上,嘴里慢慢吐出来三个字:对不起。想了想,又加了三个字:杰克逊,对不起。

杰克逊把两个孩子叫到一起,搂着他们,笑容可掬。刚才跟我一起受数落的老同学不见了,眼前居然是我的老板,"伟人杰克逊"。他站在杜瑟尔先生面前,头发又拢了上去,一句话,杰克逊洗尽铅华又回到伟人的角色了。我鬼使神差地喊了一声"老板"。声音也不对，杜瑟尔先生兴许都听出奴性来了。伟人把我从地板上拽了起来，他说："儿子犯错，老子受罚，小庄的态度还是很端正的！"我愣笑着说："这俩小子不就像咱们上学那时候吗？"我说这话的本意是想缓解一下紧张的气氛，幽默一下的，可是说完了，就发现这句屁话一点儿都不幽默。我使劲咽了一下，没咽下去。这时，杰克逊却笑了，说："杜瑟尔先生可能不知道，我虽然是小庄的老板，但我俩是老同学了。"他接着扭过头对我说："老同学，你不服气，是不是？"我眨巴了几下眼睛，根本没有反应过来。

我不知道杰克逊究竟想说什么，但我觉得他话中有话，我现在已经不知道该怎么说话了。这些年，他不停地变换角色，老同学、老朋友、老板，他永远顶着个"老"字，压我一头。好在杜瑟尔先生要下班了，在送我们出门前，他让两个孩子相互握了握手。这一握，他们又变回了"朋友"。出了教学楼，杰克逊才卸掉他的角色。他走在我前面，对所有人都爱搭不理的。

回家路上，我坐在杰克逊的后面，想起了一些被我忘记了的时光……

当年《胖子和瘦子》演出失败,谢幕之后,其实是杰克逊在我身边。他帮我打发了那些说风凉话的看客,陪着我喝断了片儿。我重新唤起这段旧事,思考了时光里的许多悖论。我发现记忆会撒谎,让我的失败看起来好像是杰克逊一手策划的。此刻我坐在他的车上,没有感到耻辱,而是我生命中未曾有过的、比耻辱和自卑更强烈的感觉——我悔恨。我安于现状,得过且过。用杰克逊的话说,我比"瘦子"更小心,比"胖子"更随大流。

最终,我过上了大部分人该有的人生。

这是我生平第一次,开始对人生心怀悔恨。这是一种介于自怜和自憎之间的感觉。我甚至搞不清楚,记忆中,到底哪件事儿先发生了?是昔日的文学抱负抛弃了我,还是我先背弃了年轻时候的朋友?

***

虎年岁末,入了冬,有几天热得反常。北京的最高气温能到七八度,最低气温也在零度以上。天气预报里说有一阵寒潮正在北方盘踞，但它迟迟没有南下。

阳光明媚，阳台的晾衣架下三十多盒蛋糕正在悄悄融化。发现蛋糕化了的是壮壮，他立住脚，拽了拽身边正在晾衣服的陈盼兮，用下巴指给她看。两个人便站住了，默不作声地看。隔着盒子也能看到，蛋糕从中间塌陷下去，像一个被人踩扁的塑料盆，也像一个荒了收成的庄稼地。这对母子不动声色的凝视极具号召力，没一会儿就把我也引了过来。我发现陈盼兮已经拆开了一个蛋糕盒，正在把蛋糕取出来。我正要上前帮忙，她瞪了我一眼说："待着别动。"那口气像是在吩咐一条狗。

现在回头去想，陈盼兮对我的态度一以贯之。不仅仅是最近几天，最近几个月一直如此。她早就发现我不合她意，赚不来钱，儿子也管不好。现在我明白，我丈母娘过去对她的评价，她是吃"大列巴"长大的"老毛子"后代，她比我更像一个男人。可是，即便到了这个时候，持续冷战了好几天，我也一心只想向她证明，她看错我了，或者，这么说吧，我想向她证明——当初我们在大雨中认识时，她搬来跟我一起住时，她把我带回呼兰河时，她都曾经特别特别喜欢我——那时候她眼里的我，才是真正的我。我以为我可以赢下这场冷战，在把这些蛋糕都送走之后，带她和壮壮去吃一顿好的。这次，我们不吃免费的下午茶了，我们吃点儿别的。然而，如此这般想入非非时，我又忘了她是个女人。诚实，女人想要我们诚实。一个解释不了为什么要买这么多蛋糕的男人，很有可能会出轨，移情别恋一个咧着嘴傻笑的年轻姑娘。毕竟，有一就有二和三。

接下来的一周是我一生中最孤独的时光。我的老婆带着儿子回了丈母娘家，只留下我守着那些蛋糕。似乎再没什么可期待的东西了。我孑然一身，脑子里有两个清晰的声音在不断重复：大学时代的老教授在说，庄树，你不是那块料。国际学校里的英国人在说，这实为愚蠢之举。我知道如果我打电话到丈母娘家，她一定会数落我一顿。然而挂上电话，她会劝盼兮看在孩子的分上，这次就饶了我吧。如果陈盼兮听得进去，她就会带着壮壮回家，我们一家人可以一如既往地假装生活。我知道，这种一如既往的假装，只会让我更加孤单。忘了是不是契诃夫说过：你以为你生活在这儿，其实你生活在别地儿。

我一个人坐在客厅，背对着我的生活。我没有关门，门保持着盼兮出走时的状态，半开半掩。陈盼兮走得特别冲动，她用脚踢开门，门被墙反弹回来，只关了一半。

午后的阳光被蛋糕盒遮掉一半，晃晃悠悠地斜着切过来，齐刷刷地砍掉了半个门。我们这个家只剩下一个空壳，像那些化掉了的蛋糕，似是而非。陈盼兮拉着壮壮下楼时一定踩空了台阶，他们给我的听觉是一组慌乱脚步，是失衡之后重新求得平衡的那种慌乱。我的听觉努力附在我儿子身上，就好像这是我唯一能留住他的机会了。可陈盼兮最后把他抱了起来，出了楼，打上车，没有给我的听觉留下任何余音。然后，我的听觉被夜色笼罩着，我的北京城也暗了下来。

***

周一例会，我带着三十盒蛋糕进了公司。杰克逊说，公司现在到了生死存亡的关头。再不进钱，流水就要断。断了流水，所有人都得回家喝西北风。杰克逊强调说，现在的工作重点已经从内容生产转移到了文件学习。说一百句"祝你健康如意"不如找到一家餐厅的一个漏洞。他在会上表扬了殡葬部的主任，他说这一单我们能拿下罗马湖的法餐厅，就是靠殡葬部的同仁深化学习了年初卫健委新出台的"生产金银箔粉食品属违法行为"的相关《通知》。他拍着桌子感叹说，今时不同往日，过去吃了没事儿的东西现在很可能就有事儿，如果我们不出手跟餐厅纠缠，也会有人抢占这个绝佳的商机。对还在生产中的贺卡，我们的工作宜轻不宜重，不用细抓，对下面的工作，必须撸起袖子加油干，只准细，不许粗。

伟人就是伟人，杰哥就是杰哥，他在散会前还不忘勉励一下团队成员，用的是制衡之道。他又表扬了婚宴部的主任，说他们部门也有成效，最近紧跟卫健委的动向，走访了北京的一些网红咖啡店、奶茶店、茶楼、棋牌室，就要查查看哪家还在卖金箔奶茶、金箔饼干和金箔冰激凌，婚宴部的拼劲儿，跟殡葬部比不相上下啊，而且咱们要有底气，这不叫碰瓷，纯属为了捍卫自己的权益。咱们买了三十个金箔蛋糕，要是都吃了，还不得嗝屁？所以咱们这是为民除害，把以前挂在嘴边的"祝您健康"落到实处上去。杰克逊放松了语气，拿余光扫到我，指示说，庄经理去跟餐厅的人碰一下，国家规定了咱们可以要三十倍的赔偿，按照原价算下来，那就是九十万！他们必须得给，你不许手软！在场的部门经理和被领导的同事们都鼓了掌。

二十四小时之后，我在罗马湖法餐厅见到了他们的经理。赔偿的金额商量到一半，餐厅的律师代表来了。不是别人，正是我的老同学孙向远。他穿着一身笔挺的西装，来了就把经理请到花园里，借一步说话。他陪着经理回来之后，经理就改了口，不再跟我谈钱了。

餐厅上下五十多个人，一口咬定，这三十个蛋糕，他们"没卖过"。后来又改口，"见都没见过"。他们对着我手里的发票，装傻充愣，有说有笑。我本身就心虚，被他们一笑，我这"黄金蛋糕"计划所造成的紧张态势一下子就松了。他们还请我去了后厨，查验了香料柜上面的所有调味瓶。没有金银箔粉。别说一瓶，连一片也没有。厨房见我没趣找趣，随即恢复了常态。他们经理昂起了头，像没事儿人一样安排着晚餐的配菜。员工之间打打闹闹的，他们闲聊的时候告诉我，这一年像我这样来碰瓷的少说也有十来个。后来经理拂袖而去，临走前交代孙向远陪我喝杯咖啡。经理说，我不管了啊，孙律师你看着办。

我和孙向远就坐在我和陈盼兮坐过的那对沙发上。他一屁股坐下去，就陷在沙发里，开始摆动他的小腿。孙向远说，今年经济不好，他们律所也没有钱。这家餐厅拖拖拉拉欠了他们小一百万，他也没辙。钱就这么多，进了我的裤兜就进不了他的。为了配合表情的严肃，他把嘴给抿上了，但抿完之后还有一颗门牙露在外面，于是他翘起上唇，又抿了一回。他问我是不是急等着用钱，如果是的话，他可以先不收我起草遗嘱的钱。

我们的生活还在继续。不是你欠我钱，就是我欠你钱，然而本质上都是我们亏欠了"生活"，结果还反过头来向"生活"讨生活。

孙向远见我不吱声了，便扭转了话题，问我最近在看什么书。他记得上大学那会儿，不管是生病还是心情不好，我总会捧着一本书看。某天下午，他心血来潮，撇开了杰克逊那帮人，偷偷跟在我后面，他想搞明白我到底在看什么书。他跟着我一路出了学校，沿着北四环走。那本书他肯定没读过，可是见到过，被我紧紧夹在腋下。那时候我正侧着头，梳一头约翰·列侬的长发，头发盖住了一只眼睛。他看不惯我的这种忧伤做派，走到一半就把我叫住了。他还记得在四环路上叫住我之后无话可说的样子。他只好尴尬地问，夹了本什么书？我没开口，却把书递了过来。他低头看了一眼，妈的，怎么还是契诃夫？说到这儿，他把身子从沙发里抽了出来。他坐起身，从西服上衣口袋里掏出一支钢笔，说："庄树啊，我给你一个我朋友的电话，你要是需要钱，就打给他。"

像孙向远这类不在乎岁月流逝的人会说，四十岁算什么，五十岁才是你的黄金时代，六十岁是你的新一轮四十。男人只会失败，不会老。真正的时间，是以你与记忆的联结来计算的。如果你相信自己是个孩子，你就永远不会老。所以当新的一年来到，新的记忆突然向你袭来时，你要学会闪躲。躲进自己的时间表，让旧时光裹住新时光，那一刻仿佛日月颠倒、江河倒流。我们仍然活着，能活着，还不够吗？

这次我没有出神。我能做的就只有跟老同学握个手，然后谢谢他。我还祝他"新年快乐"，这种祝福的话很便宜，在贺卡公司通常都是几千张起印。他站起身，嘱咐我不要再来餐厅闹了。他们餐厅随时可以调出监控摄像，反过来咬我一口。到时候真把我搞上法庭，以他对杰克逊的了解，那家伙绝对不会来救我。今年大家都挣不到钱，忍一忍，明年开春换个工作。他拍了拍我的肩膀。

结账的时候，我特意给了服务员小费。他看出了我的伤心种种，在把钱揣进兜里之后，长吁了一口气说："您这又是何苦？"

***

那天傍晚下起了雪，是那种介于雨和雪之间的絮状飘拂。我从法餐厅的门口转弯，走上顺义最繁华的安泰大街，便很快走进一条巷子，那条巷子通往杰克逊家的别墅区。据说这里的别墅都是独门独栋，屋前人工湖，屋后假山。寰宇世界，依山傍水。我看见一个罗马宫殿那样的房子，窗户里灯火辉煌，大门洞开，还听见管弦乐的欢乐从小区的各家各户飘出来，混成一片奇怪的杂音，仿佛在黑暗的雪中有一个四重奏乐队正在房梁上调弦。

保安冷漠地坐在岗亭里刷着手机，跟这城市里所有的保安一样。小区外面两旁人行道上的行人也跟这城市里所有的行人一样：谁也不慌张，谁也不害怕，谁也不立起衣领，遮住自己讨不到生活的脸……这种无所谓的态度、富人家里面的钢琴声、明亮的窗口、敞开的大门，让人感到一种毫不掩饰、无所顾忌、恬不知耻的味道。大概，世界上任何一个正在下雪的地方，当最轻的重量压在一个沉重的人肩上，当他的灵魂支撑不住，他的面容都是同样冷漠而可怖吧。

我穿过岗亭，进了小区。这时，一个保安从我身后追了上来。他原想跟契诃夫戏里演的小职员似的脱帽行礼，可惜他没有帽子，没看过契诃夫。他只能问我去哪家找谁，不管找谁都要先扫码、登记。我把手拢在袖管里，转过头看着他。他耸耸肩笑笑，脸上掠过一种跟害臊差不多的困窘。他每天要说几百遍这样的话，没有一遍是他情愿的。然后我点点头，准备摸出口袋里的手机。我的脑袋里正在想象大约几分钟以后，我怎样溜进杰克逊的家，悄然走到他们一家三口的面前，我怎样在雪夜中划过一根火柴，于是忽然眼前一亮，看见两张惊恐的脸和一副惭愧的笑容。可惜我在兜里先摸到的是笔，孙向远留下来的那支笔。下面的动作太快了，连我自己都没有看清。我扭开那支钢笔，抄起它，对准保安的脖子狠狠扎了下去。

空气里滋出了血的味道。血喷了出来，溅到水泥地上，然后被我踩在脚下，随着今年这第一场雪咯吱咯吱地响。地面、房顶、树木、小区主道上的路灯，一切都那么柔软、洁白，这使得杰克逊家的别墅看上去跟平时不一样。

"无论是现在还是年老,我们都要不知疲倦地为别人劳作,当我们的日子到头,我们就平静地死去,我们在另一个世界说,我们悲伤过,哭泣过,痛苦过,这样上帝就会怜悯我们。"

我嘴里重复着契诃夫的话,从阳台摸进了杰克逊家。他家的东西样样平凡、枯燥、无聊。只有一件事能够牵动着我,那就是贴在屋顶、墙壁、地砖、马桶盖上……目之所及,金灿灿的、炫目的金箔。

我手中滴淋着血的钢笔,划烂了客厅的壁纸,转啊转,划向了屋中央。我看到杰克逊的水晶餐桌上摆着一个崭新的黄金蛋糕。我按住纸盒,抄起笔,正准备狠狠地往下戳,可我停住了,就在笔尖离蛋糕盒一厘米的地方。我突然看到蛋糕盒上折着一张贺卡,不是别的,正是出自我手的那张——"人生百味,唯你是甜"。

我掀开贺卡,认出了陈盼兮的笔迹。她代表我和壮壮,向杰克逊一家郑重道歉。落款是"对不起"三个字,外加两个感叹号。啪的一声,我听到手中的钢笔掉落地上。

我颤抖着合上贺卡,站定一会儿,想了想。

我想过要杀它,可我终究还是没有将它杀死。如果它碰巧在今晚死去，那也一定不是因我而死。跟它告别之后，我就按着原路返回，漫无目的地往大街上去了。

雪越下越紧，空气中弥漫着时间的金银箔粉，缓缓地遮住了动荡不安。

游龙戏凤

庖,食厨也。——《广韵》

***

一九九七年三月,寒流突然袭到了香港。才近黄昏,风吹得正劲,阿黄一下飞机,出闸后先裹多了一件羽绒服。机场的大小食肆都还挂着过节用的红灯笼。后厨的锅铲声、油爆声,夹着断断续续的人语喧笑,一直洋溢到航站楼外。阿黄拖着重重的行李,悄悄来到巴士站口。她蹲在镀锌铁皮的垃圾箱前,对像潮水像霓虹的熙来攘往的人群,感到无措。

她闻到一股淡淡的少年气。

你係阿黄?一个声音突然飘到眼前。阿黄再一抬头,眼前竟站着一个十四五岁的男孩,缓慢地向她靠近。那男孩穿了一身黑色大襟衫,胳膊上套着两个印花袖套,脑门上顶着一个油光的背头。说他是十几岁,他的眉梢下垂,双手龟裂,却也显得老成。他一开口,满腔的客家口音,字字黏牙而出。你同你老窦几似样喥呀!接着那男孩亮出来一块手写的接机牌,拍了一下大腿又说,这块牌子确实费了我一番手脚呢!幸亏我醒目,一早系度霸嗰位,好彩冇错过你,冇整烂呢块牌子!说完他嘻着嘴笑起来。

阿黄不知该如何回答。

不过,那块牌子最后还是坏了。回家的路上,它被放在靠车窗的地方,淋湿了。蓝墨水顺着白纸往下滴。一只手伸向窗外,阿黄发现香港的雨季开始了。又下雨了,四野漫漫,一丛丛树冠与浮起的雾交接,擦肩而过。在那些树冠之后,有大鸟尖着嗓子的啁啾呜嗦,有高低起伏的枝间骚动,多半是藏身其中的"马骝"——普通话里的"猴子",英语世界的monkey,还有的骚动发生在低地,灌木丛里,那是"饭铲头"和"过山峰"的乐园。

阿黄想起十岁那年,有一次随父亲去大屿山捕蛇,也是这样一个云雾缭绕的日子。那天他们的运气不好,雨一直下个不停,山间的小路越走越暗。她听到自己小小的沉沉的呼吸声,也听到父亲的呼吸和她一前一后。杂草没过她的头,她眼看着父亲走进一条分岔的更难走的小径。灌木丛再过去,她感觉脚下一软,踩到了什么有弹性的东西。这时,灌木丛深处闪过一团肉黄色事物,轻捷如豹,掠过叶隙,向她直扑过来。雨声滔滔,她再晃过神来,手里已经攥握着一条蛇了。黄金蟒的幼崽。她就这样呆站在原地,一只手把蛇的头部牢牢压住,另一只手捏住小蛇的后脑勺。这一切发生得都太过自然,她因为太小而不懂得捕蛇这门技艺的微妙。

那是她第一次捕蛇,在一九八九年。己巳蛇年。父亲夸她极有天分,将来一定能继承家业,她自己却在心里面打鼓。回到家,她把那条黄金蟒放到一个鱼缸里,在里面放了些塑料泡沫板子,又在板子上压了一本书,蒲松龄的《聊斋志异》,她对着小蛇讲书里的故事,还管它好吃好喝。可是没过多久,小蛇还是逃跑了。她和父亲立即将家中门窗全部打开,又到楼下的铺头,到柏树街上挨家询问,但是查而无果,她再也没见过它。

点解会咁样?一稍不留神,生命中要紧的东西就会逃走。她像是在梦游,但又不确定是否真的梦游。几乎是同一年,她母亲每餐都吃得很少，每每扒两口饭就说饱了，很快就瘦得脸颊凹陷了，送到医院里一查，才发现是原发性肝癌。她父亲当时刚在深水埗开店，抓蛇、劏蛇、煮蛇、剥肉成丝，这零零碎碎的步骤都要一手一脚去做，况且做蛇肴的灶必须烧得很旺，火太大，有时会把他自己也熏得有几分恍惚，根本注意不到母亲的变化。在蛇与母亲之间，父亲显然更爱蛇。就那样过了大半年，母亲的肚子鼓得像个将破未破的气球。阿黄隔着她的肚皮听里面的声音，母亲摸着她的头问她听见什么了，她说，有条小蛇在动。但阿黄当时并不知道，再过不到一季，这个气球就破了，母亲也过世了。

她的世界自此陷落在雨声里。

但厨房重浊的柴火声撑开了雨声，像是热锅里被人甩入葱姜蒜爆炒。到家了，阿黄仍旧恍恍惚惚的。这是她的家吗？灶台前站着一个年轻的影子，专注的神情像她的父亲。像，真像。等她回过身来，见接机的男孩正定定看着她。这时，男孩闷闷地发出一声"你"，后面的话被挡住了。也许"你"后面跟着的是"好"，连成"你好吗"——那句本该扬声的问候，被切片切丝，压成一个"你"。

过了好一阵，男孩端上来一盘葱白炒双柳，才问道，你食佐饭未啊?

***

这道名叫"游龙戏凤"的菜上来时,阿黄对着店门口的"蛇王珍"发呆。傍晚时分,市声嚣嚣,在熙攘的人潮中,只有他们这家店门庭冷落。男孩子也凑上来,上下打量了一番那匾额,喃喃地说,听人讲你阿妈就系呢嗰"阿珍",有佢系阵呢家店生意好好。四目相对,男孩眼睛圆大,棕黑如猫,长发披肩,一副少不更事的阿飞模样。他扯一扯她的衣服,阿黄恍若未觉。于是,他继续发问,伦敦唔好咩,点解要返嚟香港?

经他一问,阿黄不由自主地回答,我……我唔系返嚟探佢……

佢近排都不在店里,男孩继续说,你阿爸入佐医院喇。

哦,係咁啊……阿黄虚应着。话未完,她察觉有异,回头看,只见那男孩已经坐在茶餐厅的圆桌上动筷了。

不再问了,在似是而非的对话之后,男孩不再问了。他捞起一块蛇片,咬一口,嚼着嚼着,摇起头来。这道"游龙戏凤"他偷学了一周,每每照着师父的菜谱苦练,日做夜做,但终究还是烧不出纯正的滋味。说不上来,就是哪里不对头。他随手从裤兜里翻出一张纸,指着原料这一行,花蛇净肉150克,活杀鳝背150克,京葱白100克,鲜百合50克,冇错啊。再看调料这栏,姜丝2克,盐4克,味精3克,白糖15克,泡椒丝15克,胡麻油2克,水生粉10克,黄酒5克,鸡汤75克,乜嘢呤冇错啊。

阿黄看着男孩,并没有说话,只是看着他。后来她看他实在着急,就用筷子夹了一条鳝段,放进嘴里,仔细地嚼了嚼。

男孩忙问,味道如何?

阿黄只觉得舌尖泛起一阵酸涩,草草嚼了几口鱼肉就吐出来了。她说,你条蛇斩得唔妥唔对路。

男孩听罢没生气,反而嘻着嘴笑,说,你明明食嘅系鳝段,点会知蛇段切嘅唔啱?

阿黄也笑了,又问,唔通你真係用切嘅?

再讲下去,劏蛇的讲究可就多了。即便是神乎其技的粤菜师傅,没伺候过蛇,都不敢自雄是一代宗师。二十世纪八十年代,蛇王珍能在九龙一战成名,凭的不是别的,正是阿黄母亲劏蛇的手上功夫。到了春秋两季，啖蛇的人多，常有老坑细路搬了板凳在玻璃窗外看母亲劏蛇。母亲左手捏头，右手踩尾，竹节般的细手铲进蛇的咽喉，深剖三两下，蛇肉离骨脱出，旋即骨肉分离。单拎出一张完整的蛇皮，伸直了，压在案板上。阿黄说，她母亲剥蛇肉向来不用刀切：一旦用刀，蛇肉便会沾染刀的铁锈味，鲜味即会大大折损，再者，刀切蛇肉会破坏肉丝的结构，切得再好也不成形，最多是点状的蛇丝，远达不到手撕出来的成色……

唔好再食喇！男孩"砰"一声用手盖住桌子。他胳膊伸得笔直，半个身子遮过去，竟为了把桌上那盘菜给盖住。过了一会儿，他抬起眼，看着阿黄，说，你咁叻，不如你教我做菜？

阿黄也看着他的眼睛，郑重地笑了一笑。

男孩于是又高兴了。他一边收拾碗筷，一边自嘲起来。他一个从前做纸扎的学徒，跨行去做厨子，不被人笑才是出奇！这里的老街坊最是嘴刁，又要吃蛇肴，又要吃"活气"。自打师父入院，他顶班代厨，眼看着来帮衬的街坊一日少过一日。男孩说，错就错在这两个字上。他做纸扎跟"活气"恰好相反，赚的不就是一个"死人钱"？他是梅州人，六个月前才来香港。头一回过港岛，入到上环便见到满街的扎作，电视机、游戏机、菠萝包、鸡蛋仔、按摩椅、纸螳螂，繁华盛极，应有尽有，他先认识的是一个纸扎的香港。后来带他入行的纸扎师傅移民了，他便没了工作。说来也巧，收铺那天刚好撞上来问价的黄先生，也就是阿黄父亲，黄先生想找他做个蛇纸扎，说是要烧给他的亡妻。

一来二去，男孩上门找过黄先生几次。直到交货那天，他总算吃到了一碗蛇羹。在满室喧嚣中，没有人注意到，这个年轻人扛了一勺，送入嘴里后，品一品，轻轻闭上眼。不知熬了多久的上汤、鸡丝、陈皮丝、柠檬叶与太史五蛇丝密密勾连在一起。最后一口怎么也舍不得吃。及至蛇王珍收档，他才把空碗交到黄师傅手上，咽下去这最后一啖。"好好味。"说完，他心里倏地热了一下。

再后来，就是现在了。男孩从伺候死人转行到喂养活人。他说他不求财，也不图名，只是想来问一道菜。这时候，他和阿黄同时看向了餐厅正中，墙上悬挂的一幅玻璃框，玻璃框的上方用碑体字写着"镇店名菜 游龙戏凤"，其下紧紧贴着一张照片——照片里，一个穿胶鞋的中年男人抱着一个拎水桶的小女孩，两个人的肩膀上同搭着一条巨蟒。

*　*　*

阿黄在伦敦中国城的家中也有同样一张照片。

三年前,父亲送她去英国读书时亲自为她挂上的。那是父亲第一次出国,他好不容易才把铺子托付给街坊,口口声声说自己把阿女安顿好就返来,至多两个星期。谁料天不逢时,赶上伦敦连降大雨,回程一再耽搁。大水漫灌,把他们刚布置好的小公寓冲得七零八散。当月光朗朗地穿过窗子扑照到父亲背上时,阿黄发现他的衣服已经破破烂烂了,似乎这雨不是雨,而是别的什么——野狗、野猫或者伦敦人家常闹的老鼠的袭击。客厅里,一个矮饭桌,四只腿荡在水中。桌上散落着一颗颗饭粒似的东西,白得刺眼,父亲的身上也有。

雨水满溢,父女之间隔着一片海。阿黄从客厅的另一头蹚过来,帮父亲摘下黏在胸口的饭粒,父亲讪讪地笑了。早知如此当初就不该贪便宜选了这间地下室,他又自言自语道,他从来不是有着数就摞的人。一辈子烧菜,蛇王珍的菜就是比别家的抵食夹大件。

"说到底,香港人最讲究什么?乜就係一句话,平、靓、正。"他一仰首扬声,身上的饭粒便四处乱跳,有的还跳到阿黄手上。

阿黄悄悄滑开水面,滑过桌子,挪来椅子,撑腰攀高,想要去摸墙上的照片,谁知手一滑,连人带脚全部栽进水里。

父亲见状泅游上前,哈哈笑道:"女啊,我睇你真係你阿妈嘅女!"笑的时候,父亲的面容依旧是忧伤的。五官还是五官,却半点不似旧照中的男子,那位生擒巨蟒的捕蛇英雄。

大雨过后,桌子还是桌子,椅子还是椅子。家里唯一开着的电器,叠架在三个板凳上的一台收音机,正吱吱哇哇地播着早间新闻。那声音忽远忽近,时断时续。阿黄在父亲身畔坐下,双目圆睁着瞅着他,尽力为他翻译新闻的内容,一字一句的:

"We,我哋——"

"Discovered,发现佐——"

"Dangerous,危险嘅——"

阿黄看见父亲的口齿间有悸动。她父亲佝偻的背影,头发湿答答地别在脑后，卷到胳肋底的小白背心，挽到膝盖的蓝布裤子，迟缓地重复着阿黄说出的话：

"我哋，we。"

"发现佐，discovered。"

"危险嘅，dangerous。"

……

就那样默默收听着，对望着，复述着，也不知道过了多久，只听到"唰"一声拖鞋踩地，随后一路叽叽咯咯的踢踏声，父亲箭步直冲到门口去了。"蛇，snake。蛇，系snake喎……"父亲连吁两声，接着发急道，"新闻里唔系讲佢周身金黄乜？话唔定就係你小时候救过嘅嗰条黄金蟒？"

"黄金蟒？"

等到阿黄回过神，她的父亲已经赤脚站在泰晤士河里了。她怔怔地看着，眼前一望无际的黄水舒展在桥间。父亲蹀走在河畔的浅滩上，手中横把着树棍状的东西，小腿肚上挂满了泥巴。

落叶被拨动，水草被拔起，父亲仍在闷头细找。他熟悉黄金蟒的叫声——呜呜咽咽的，像个不足岁的婴儿。他听得到它的呼吸，它的体温。黄金蟒最温顺不过，但也最畏寒。

刚下过暴雨的河水太冷，他懂它，所以一听闻有人在这里见过它，他就按捺不住地跑来了。路越走越深，他的肩肘不时和树干擦触。挨着挨着，十分艰难地低头前走。他的身后，一边是大本钟的影子，一边是伦敦眼（尚在建造中）的轮廓。他的头顶上是一片近乎蓝的黑，微凉的夜风吹不走它。片刻间，一整排的手电灯照在他身上。查令十字桥上的人群突然尖叫起来，四下奔走逃开。一个小孩像狗一样不停地嚷着："Look at the Golden Snake！"

"Snake！我一早讲佐系Snake啩！"他在团团警察的逼近中，忍不住笑了。现学现卖，他竟然听得懂这鬼佬英文。于是手乱舞，脚乱跳，不由得将蟒蛇举过肩膀。

桥上桥下挤满了人，像走马灯，急乱地转动着。邻近依稀有警笛嘀鸣，节奏如阿黄的心跳。就在这时候，父亲脚下的水流突然变急，阿黄看到这个寡瘦的男人被快速抽拽到桥底，猛烈的坠落声咚咚咚，一阵昏迷。"女啊，我唔係嚟偷蛇嘅，你帮我翻译畀佢哋听啊……"杂乱的脚步声踏踏而出，父亲的呼喊被这声音打断了。

阿黄的双腿不听使唤，持续走了几步，便欲跪下。

梦境与真实如出一辙。原本以为父亲在异国遭罪能带给她快乐，但事情真正发生了她却高兴不起来。她一时盼父亲有事，一时盼父亲平安，于是咬着牙再往前追了几步。警车的铁门，对着她咧出一条缝，接着——半张黄皮肤的瘦脸露了出来，一副黄种人在白人面前的胆怯模样。她望着父亲那张熟悉的脸，竟忘了自己的来历，记不得自己的名字，也不知道要往哪里去。

***

隔天一早，阿黄看到男孩换上新衣服，踩着单车穿过通州街，拐入九江街。她坐在双层巴士上，巴士疾驶在曲曲弯弯的柏油路上，两旁是参天的树。过荔枝角道之后，路上的灯牌多了起来。只需一眼，阿黄就能分辨出哪些是有大谂头的好买卖，哪些是吊吊揈的小本经营，哪些是父女档的仔𠰌生意。她的眼光追着男孩来到一户店铺门前，基隆街近柏树街口，店主人笑着奉上热茶果，男孩与之寒暄起来。汝好。——汝好。今日来咁早啊？你师父病好哩么？——还有，其系奔其"饭铲头"咬伤嘅，奈哩有咁快好。哦哦，唔喂死吧？——唔喂,哦哦,介就好,其诶个人也系,抓了半辈子蛇,酿般就能咁唔细心呢？——捕蛇嘅人唔奔其蛇咬,反而更奇怪吧？哦哦,总之你也细心点,你还后生。——今日嘅茶果好食,娟姐,涯将钱奔你。唔客气唔客气,等你兜人老板病好哩,你让其请涯食"游龙戏凤"。——好嘅。

如是一米一米地靠近,阿黄耗了好久才踅至路口。

她不是要故意偷听。

那天上午,她听见男孩讲客家话,也听见男孩给医院打电话。他反反复复说,麻烦你哋再通融几日,我哋肯定把钱凑齐。一句比一句殷切。她接过男孩递来的话筒,也跟着没头没脑地迭声道歉,讲"对唔住"。直到电话那头换了声音,她听得耳根发热,嗥嗥声将个话筒扣上。

阿黄放下电话,将男孩一把拉到后厨,问他父亲为什么会住院。男孩当时正在泡茶,一锅水沸了,他问阿黄想喝什么,普洱,香片？眼看着话被茶岔开,阿黄心里有些疑惑,但也不好再多问什么,只陪着他默默喝茶。叹佐一盅茶,用掉一粒钟,男孩缩回到自己的炉灶前,准备在午市前看看火候。他们这一行没有休息时间,经常是刚刚休市,又猛地被敲门惊醒。在香港做厨师,没有休息这一说。很多厨师怕麻烦,索性住到店铺楼上。到现在,蛇王珍的二楼还搭着个行军床。从前是阿黄的父亲睡在上面,现在是这男孩。

男孩是客家人,就是最早客居他乡的人。客家人以开垦荒地为生,有山地的地方就有客家人。见到客家人,可不敢轻易问他们是哪里人。跨黄河,过长江,万里南迁。男孩说,老祖公的祠堂远在赣州,而他祖父一家人却在汀州出生,到了他父亲这一代则在梅州长大。粤俚有句话叫"客家占地主",说的就是他们客家人不见外,铁打的"捞松",周围走"捞世界",尤擅反客为主。他听同乡的娟姐讲,香港有两百多万客家人,一门之中又分新老,新来的叫作"新客",土生的叫作"老客"。

啲"老客"好古气,朝见口晚见面,对啲"新客"睇唔顺眼。男孩说。

阿黄迟钝了一下,说,今早见你系基隆街同人打招呼,嗰个人就係你嘅同乡吧?

没错啦,嗰个就係娟姐嚟㗎。男孩说着又露出了笑容。他也看出了阿黄的疑惑,于是从后厨走出来,倚在门廊上,继续说道,其实有些香港人并不怎么喜欢客家人,嫌他们爱对撼、搬是非,背地里给他们起了不少外号。

咁你……最唔钟意人哋叫你乜嘢?

男孩想一想，认真地说，饭甑。

阿黄愣了一愣，不由得朗声笑起来。她笑了很久，以致在空荡荡的铺头里有了回声。

男孩被她一笑，喉咙越发痒痒的。喂，你差唔多得喇！男孩单手支撑跳坐到餐台上，说，我哋客家人有个歇后语，叫作"年三十夜晡的饭甑"，你估下係乜意思？喇，话定畀你听先，"夜晡"系"晚上"，咁"年三十夜晡"就系"除夕夜"啦。

阿黄思忖了一下，也跳上餐台，一瞠目道，係"唔得闲"嘅意思咻？

男孩傻了。他蹭到阿黄面前，眼睥睥盯住她，说，你唔係我师父嘅女啩，你……你讲你究竟係边个？

痴线，我还想讲你唔係我老豆嘅徒弟呢。阿黄说，不然你解释你连个蛇羹都唔识做？

男孩在后厨踱了几步，回身道，你等我一下，我拿一样嘢出嚟证明畀你睇！接着他撩开门帘，闯入前厅，对着一整面墙的木箱摸索。摸到写着"毒蛇"的抽屉，先在门缝里望一望，举手推时，却发现箱子是拴着的。

这时候，阿黄也进来了。她踮踮脚，从蛇箱的顶上摸下来一把钥匙，转进去锁眼，连敲了两下柜门。

男孩在旁问道，你做乜？

阿黄道，傻仔，佢同意佐，你先可以拉开柜桶。

男孩半信半疑。等了好一会儿，里面有砰砰砰的怪响，他再拉开抽屉，果然看到一条白底黄蚊的小蛇，半米长的身子弯缩成麻花状。幼崽的头盘旋服帖，见到他俩便起立徘徊，试探着吐吐信子。

阿黄摇摇头说，佢大概系知道你会杀佢，害惊了。

男孩顿一顿，说，我点会呢？早几日师父冇去医院嗰阵，佢就同我讲过，"蛇王珍"要转型，佢唔想继续杀蛇了。

唔杀蛇点做蛇羹呢？

我哋依家用嘅都冰鲜蛇肉，只不过味道就真嘅差啲。

阿黄低下头，应一声，也说，冇乜好可惜嘅，反正呢家店嘅生意都唔好。

男孩左手按住蛇身，令蛇头露出，再用拇指和食指轻柔地摩挲幼蛇的脖颈，趁着蛇口张开，右手捏起一个泥鳅往它嘴里送。

泥鳅放在冷水罐里，冷水罐是阿黄帮忙递过来的。

小蛇饕餮了一番，净吃掉三条泥鳅，仍不肯罢休。男孩反倒见怪不怪，揉着幼蛇的下颚说，喇，冇啦，最后一条！蛇听了他的话，挑衅似的探出头来，直逼近阿黄胸前，结果被男孩一把抓住头，粗豪地骂道，你好嘢，畀个天你做胆！

听到此，阿黄倒也笑了。

眼前这男孩，撒蛇惜蛇，小心维护的模样——竟与她父亲没有分别。

午市开始前，他们拾掇好了厨房，双双趴在灶台上试汤。男孩舀了一勺锅边料，说，我觉得差唔多了。随后他将汤匙往阿黄面前一拱，说，今日我用嘅係你教我嘅方法，不如你来试试？阿黄端起一喝，半响才开口，蹦出一个字：甜。跟着是两个字：清甜。

男孩当即拍拍阿黄的肩膀，说，你食住先，先吃个够！临走他又转过头来，对阿黄说，等我招呼好外面的客人，晚上带你去见你阿爸。我旭仔说话算话。

***

晚市结束后,他们搭港铁过港岛。出了皇后大道西,男孩跳跃在前方,提着捕蛇用的小型竹篓,里面放着餐厅的流水单。又再往前走了一小段路,穿保德街、五桂坊,经利玛窦堂、鲁班先师庙,他们渐入山径。穿过一排排的山乌和细叶榕,他们来到薄扶林道,打量四周,正赶上一辆小巴驶过。几个学生模样的年轻人,三三两两嬉笑着落车。其中有一个,迎上来问阿黄,你哋去边啊?阿黄瞥了一眼男孩,说,去玛丽医院。男孩介绍自己是港大的学生,也大声征问同伴,去医院是否可以搭这趟小巴?

这时候,男孩忽然将背篓甩给了阿黄。阿黄看着他往林地里走,依稀听到他自言自语,好像在埋怨她——边个叫你咁多嘴?又好像在骂那些学生哥——啲大少考上港大,有乜好巴闭(骄傲)㗎!

阿黄大着胆子跟了过去,停下来立在男孩身边。男孩正咔咔咔咔地踩着地上的枯枝。他的手指随着声音摇动,气鼓鼓的,直到阿黄拉着他的手,走进一片衰草矮树之中。阿黄问他,你点解唔搭小巴啫?听了这话,男孩一跃而起。他甩开她,走出树林,继续往西走,越走,雾气越大。

湿意漫过细叶榕,山路的尽头烟树迷离。

旭仔迟疑了很久,最后还是松口了。他从雾中慢慢走出,以一种黯然的语调说,他不是不想搭小巴,而是别有隐情。上次他搭小巴过九龙,下车时怎么也不敢说"有落",结果坐过了站,一路搭到终点站。为了说好这句广东话,他试过在油尖旺喧闹的街市中大喊"有落",可是没有用,无人搭理,也无人为他停留。客家人发不好"落"的音,一说就变成另一个意思。在他们的文化中,"落"总是与"水"相关,"下雨"叫"落水","下雪"是"落雪","下冰雹"是"落雹","太阳下山"是"日头落岭"……

雾散去后,他们发现玛丽医院出现在西高山脚下。月色深黑,四周还是无声无息。外科病房在S座4楼,出了电梯后右拐。护士站上挂着一块电子表,红色跳闪的是——年、月、日、时、分、秒。走廊里的公告都是用英文写的,措辞用字艰涩拗口,语法也跟从英国习惯,旭仔绕着看了一圈,看不懂。他见护士站没人,之后又到里面去了一趟,拿起桌上一本书，赫然一惊。

咦，普通话入门？旭仔难免好奇。

那搁在桌上的书还留在原处，书底下压着的几张纸被他拿走了。阿黄猜想那张纸上有她父亲的病情。男孩继续走，拐进一间病房，开口念出病历单上的名字，"黄——朝——宗——"。他读得很慢，从他口里吐出来的每一个词都很陌生，听着像是别人父亲的名字。房门推开，阿黄怔在门口。她被刚刚那三个字轰得头昏脑涨，一颗心止不住地扑通乱跳。

病房里有四张床，床上只躺了三个人。

啊波叔，我师父去佐边啊？旭仔指着房间里的空床问。

那人不理会，忙着把喝到一半的酒藏到床下。等到隔壁床的两个人也跟着他藏好酒杯，他才两手一端，对男孩说，理得佢黄朝宗，整日谂住去后山捉蛇，佢去佐边关我叉事？

波叔，唔得咁讲嘅，冇我师父，边个请你饮啲蛇胆酒呢？

喂，你唔好乱讲，冇係度惹是惹非，那人说，说了却没有就此打住，而是走到门外的走廊上抽了一支烟，抽烟的时候左顾右盼的，他说这还不是受人之托忠人之事，在帮老黄盯梢呢。他见了阿黄立马笑开，说这一定就是老黄嘅女啦。他刻意一字一字拉长了讲，像在吟诵一行慢板的歌谣。

旭仔也笑了，说，佢叻得我好多，嘅手势遗传佐佢阿妈。

咁係啦，老黄嘅条友话嗮畀我知啦，佢嘅女自细就好精叻！

阿黄耳根发热，一时间她听呆了，抿紧嘴巴说不出话来。她和那人对望了一眼，便转身离去。拾级而下，走到楼梯口她曾止步，盯着自己的双脚，但见西高山顶灯火寥落，月亮猛然自云后跳出，一瞬间照亮了数十里的林间视野。再举步往前时，一抬头，有个熟悉的身影正朝她飘来。她愕然掉转身，又哒哒哒哒地往楼上跑，而步伐加快，心也跟着飘飘荡荡没有着陆。

有酒味，有人在讲嘢。

讲嘢的还是那位叫"波叔"的病友。

据说很久以前，呢附近有一座蛇佛寺。波叔以说故事的口吻，娓娓而道，有一年香港闹饥荒，好多人冇地方食饭，就去佐呢间蛇佛寺。寺里面的僧人为檀主准备热汤，果味道不知几鲜啊，但係啲汤里面嘅肉都係一段段，圆圆的，好似鸡脖……

唔通係蛇嚟㗎？旭仔点头也不是，摇头也不是地咧嘴傻笑。

许多脚步声粗鲁地踏上楼梯。阿黄的双眼紧紧盯着旭仔的脸，他的笑像是雾夜里的一盏煤油灯，咿呀咿呀地摇。等到脚步声停下，灯也暗了。一双长了茧的大手搭上阿黄的肩膀。她犹豫着，回头。所见的父亲，神情是她从未见过的祥和。那种柔情许是支撑她母亲在生前日忙夜忙的最大动力。

父亲顺手把竹篓交给徒弟。进了屋，以背贴墙，头枕着窗。他回过身说，女啊，你嘅嘅唔着时，今晚有蛇。

***

那天晚上，阿黄戚起床板，一夜未睡。

她试图清理一下她的生活线索：她曾经去过哪些地方，这些地方与香港比，有乜嘢特点，好定係唔好……她发现有些东西她完全记不起来，就像记忆偏要在她脑中搞搞震。譬如，一九八九年她母亲病重转介到玛丽医院，他父亲是否跑前跑后，冒着大雨去轮佐十几个钟的街症？同一年秋天，她究竟是去大屿山捕蛇，还是说不小心误入了医院背后的西高山？在那里，她究竟是徒手擒到一条小蛇，还是说被她父亲从巨蟒面前扑救下？那段短暂时光里，她和病弱不堪的母亲趴在高层病房的窗口，望到远处有水，绿绿的，像海又不是海，水面上笼着一层柔曼的薄雾……然后她听到母亲指着那片水泽说，傻女，呢度系薄扶林水塘，唔系海……她被这些想不清楚的细节羁缠，后来连自己是谁也记不得了。

母亲故后不久，阿黄也暂时休学在店里帮忙，偶然发现柜桶中的好些蛇不吃不喝，死的死，伤的伤。她把木箱拉开，轻声模仿母亲平日叫唤小蛇的咕噜声。好一会儿，果真有蛇动。一只盘踞在网筐里的大金蟒领着柜桶里的小蛇，吐着信子到她面前，循着她的指示，张开嘴巴，终于肯吃东西了。蛇是有灵的动物，有时候甚至比人还念旧。阿黄觉得难以理解，连这些冷血动物都不能忘，她父亲怎么能忘了母亲呢？

但那一晚，她醒来，眼睛勉强睁着，喉咙发不出声音。窗开着，月光照得床前一片明亮。她依稀看到父亲仰起头，叼着烟也不点着，嘴里发出哌哩啡咧的抽泣声。窗外树叶抖动，轻风中，整片树林整座山好似细细地诉说着什么。就在这时，她心一颤，流下眼泪。

她原谅了父亲。

隔天下午，阿黄帮父亲办理了出院手续，她和旭仔两个人背着父亲的包裹，抄近道，走入林中小路。也许太多树根横过，父亲跟在后面走得很慢，始终和他们离得远远的。旭仔走在最前面，老是停下来等父亲，尤其是上坡时。他学着老黄的样子，将底衫掖到胳肋底，蹦蹦跳跳地往车道上去。见到远处有车来，他拼了命地挥手。不一会儿，小巴刹车停下。在一棵大榕树前，他们上了车。

老黄睡着了，头往旭仔肩上靠。过了域多利道，老黄醒过来，尴尬地笑笑。光穿过窗来，照着他的面孔，他拽来旭仔手上的竹篓，一挡，碎光斜斜地漏下来，照得他的脸好像斜纹布一样。

以前阿黄仲係个阿奀嘛，成个病猫咁样。黄爸爸说，佢一病佐，我就过海去高升街买咸鱼嚟煲粥。依家佢大个女啦，反过嚟睇我大只骡骡，竟然咁易病喎……我老了，老啦。

小巴行驶到上环街市，老黄起身准备下车，他拉着旭仔和阿黄，说他们找个地方食下午茶吧，晚一点再一起去吃消夜。这附近有"蛇王芬"，他们可以去试下。于是草草讲完，大刺刺喊了声"有落"，独自一个人下车。阿黄看她父亲伛偻着背，亦步亦趋地跟在人潮中，过红绿灯，望左望右，父亲走进街市。尽管是熟悉不过的老地方，阿黄却从不曾在父亲的背后注视过他。

下昼到夜晚这段时间，这里没有日头的声息，没有鲜肉鲜鱼，没有杀猪刀与砧板撞击的笃笃声，没有劏鱼时手起刀落的咔嚓声，没有虾婆个仔通街走的叫卖声，没有果栏档口循环播放着的粤剧《帝女花》，没有开花洒冲洗地面的猪肉佬，没有买米买餸的师奶，没有探头探尾的细路……没有了这些，父亲走进的像是他自己的暮年，一个万事万物都在褪色的世界。阿黄仿佛听到，只有果栏还开着，那首播不完的《帝女花》声音奇大，一口一个"主上"，一个"爱女"，招引着父亲继续走着，走到她目之不及的地方。

旭仔说，阿黄，你谂紧乜嘢啊？

我想我老窦系去买咸鱼了，佢想喺我走之前再煮一次粥畀我食。睇佢咁辛苦，我有点不落忍。

喇，有言道"食得咸鱼抵得渴"嘛，旭仔说，你唔走咪得咯？

阿黄苦笑。嗰粤俚好似唔系咁用嘅喎？

总之，我觉得你迟早会返香港。

你呢？点解你唔去英国试下？

试乜嘢啫？呢度係我的家，我哋客家人一揾到"家"就唔走得啦。

窗外的高楼换了一批又一批，过了一道又一道的天桥，眼看着中环就在眼前。终于叮叮咚咚之声也密集起来，层次也更加丰富，好像无数个风铃在回应着清风。那是南来北往的叮叮车。

话到嘴边，旭仔刚要开口，却又噎了回去。

阿黄洞察了他的心思，倒是轻声地说话了，她说，有落，有落。

有，落。

旭仔认真练习着口型。

叮叮车开走了。大而圆的日头向海平面下落，小车道、巴士道、电车道上反射出各色的流光。阿黄用手肘抵在旭仔的手上，问他，准备好了？男孩握紧她的手说，准备好了。

街上噪声不断，但全车的人突然回过头来，为着一声清脆嘹亮的：

"唔该，有——落——！"

云游僧

拂晓不久，沙门空海独自上路。

贞元廿年岁末，空海已经去过一次青龙山了。当时与他同行的是志明、谈胜二位法师。一路上三人为伴，间或看着山林，间或凝视曲江，吹奏一首和歌的曲调，哼唱的却是唐人的名句，"少陵野老吞声哭，春日潜行曲江曲"。不是春日，胜似春日。志明曲子吹得好，谈胜唱得更好，空海手持竹杖敲着鼓点，配合着打出极其轻微的——"笃、笃、笃"。

沿着一条神秘的山径，走入一处阴暗潮湿的谷地。脚下的小路坑洼不平，不断向下延伸。滑溜的栈道上青苔密布，弥漫着近海渔货那样重的腥味，好像是什么千年大口鲇的家。空海看到一处沼泽前有几个石灯笼，环湖围成一个半圆。他低头寻摸，里头嵌摆着一尊白檀木雕佛龛。打开以后，中龛主尊为坐佛，左右各为半跏菩萨，每龛主尊周围雕出菩萨、天人、力士、比丘等二十有余。他对着主尊的坐佛看了很久，那主佛身穿通肩袈裟，右手施无畏印，左手捏绢粲衣，结跏趺坐于八叶莲台之上。他想起自己五六岁时，也常梦见自己坐于八瓣莲花之中，与诸佛共语。于是摊开带去的袈裟布，包了一尊主佛，就快步沿着原来的小径折回。但就在他离开谷地，眼前一片明亮的那瞬间，一跨步，空海就发现自己不知怎的动弹不得，连眼珠也不能动，只剩下一个托钵的手势。耳畔响起同伴的声音，在呼喊他的名字：空海，空海……

空海是日本云游僧。贞观年间，四夷诸国派遣了大批使者入唐，使团中也有僧侣。鼓箧而升讲筵者，济济洋洋，代代不绝。到了空海这一代，已经是日本第十八次派出遣唐僧。船队出海以后，半个月不到，遇上台风。长长的夜里雨声不歇。一卷经书打船前漂过，空海敏捷地伸出胳膊，将它截住，慢慢引导它到船边。手快速一探，抓着书脊，一提，却被身后的风浪击中，落水。台风过后，空海被一条福州渔船搭救。在摇荡的渔船上，他醒了又睡，睡了又醒。梦里犹记得自己名叫"くうかい"，唐人笔下"大海"的意思。

醒了之后上岸，已经是三十四天后的事情了。他蹲在岸边,手持念珠,用一根竹竿拉回被潮汐冲上来的尸体。细细数,十八具。他不语,将他们葬在福州金台港的高地上。空海在那根挑回故友的竹竿上凿了十八个小洞,挂着它走遍陋巷乡野。笃笃笃的,声音经长途跋涉自孔窍一一泄出,他伸掌承接,掌心浮起一张张脸,来去的,是生命的流转。

那时候水远山长,寺庙常常是依山而建,显密二宗皆有其开山鼻祖。青龙山有青龙寺,青龙寺有青龙和尚惠果大师。第一次上山拜见,空海就吃了闭门羹。他醒来时出现在寺门前两棵高大挺直的菩提树下,两腋夹着的袈裟布和里头的佛像都不在了。携同伴行至山门,重叩了三下,空海犹大梦初醒。一重门没闩,却被贴着长的芒草堵得死死的,草多到拔不完。跨入二重门之后,再敲,竟是一个黄发垂髫的小沙弥来应门。小沙弥听志明、谈胜说话时一声不吭,但对空海例外。语言不通,彼此不知道对方名字,可他却能洞悉空海的来意。"你是来找惠果大师的吧?"他说着扯一扯空海的衣服,空海恍若未觉,那孩子继续说,"年轻人,你在寻找什么?"经他一问,空海不由自主地回答:"我……我不十分清楚。"话未完,觉察有异,沙弥渐渐转向暗处,二重门也跟着关上了。空海急着伸手去够,却什么也够不着。竹杖敲打突地停住，而他还没有走到三重门。心下大恸，这才发现刚刚失言了，便在慌忙中喊道："我是倭国僧人，我的名字叫空海，请为我……引见你们的惠果师父！"无人再来应答。

再一次上山，空海几乎是循着记忆而来。夜半起身，他撑直腰，吸进一口窗外微凉的风，缓步走出房门。几步出去，就是长安最繁华的朱雀大街。绯红、明黄、绛紫、青绿，一道道浓稠的色彩横刷在摊铺的旗子上，一块块绮丽的色体悬浮在空中。空海遭遇的是中唐，盛世之后的叠叠虚影——那时候的唐朝，照旧是八荒争凑，万国咸通，花光满路，箫鼓喧空。空海在夜晚独行，梦游的如故是华胥之洲。

过东西市，穿酒肆，近处有团扇酥、杏酪酥、黄桂稠酒的香气，远处有牛马羊的兽味，和曲水回萦的声音。不久，也听到鞭炮声，那是平康坊上新开的妓馆，凑热闹的人传来一阵哄笑，妓馆门前人语喧嚷。一转头，空海看到一个着醉妆的女子躲在屋后，解开衣服，露出一只乳房。她从老鸨儿手里接过一个孩子，把乳头塞进孩子嘴里。后来那女人也发现了空海，悄悄踱到他面前，要他抱一下孩子。空海不曾相拒，他捧着孩子，沉甸甸的，结实的，暖的。他看着女人慢慢扣上襟衫。再从他手里接过孩子时，她眼噙泪光，手指重重压了一下空海的手。孩子的重量,同样是笃笃笃笃的。而他们之间始终未发一语。

那个夜晚格外漫长。步入山林之后,只听见乌鸦的声声干渴。空海有时往高处走,有时往低处走,过了一道又一道楸树垫就的小桥。眼看着青龙寺就在眼前,走起来又是一段路。终于爬上一个茅草斜坡,紧依着谷地,空海用竹杖拨开灌木丛,见到了上一回的沼泽地。笃笃笃地,他沿着沼泽边缘的荒滩缓缓靠近。泥土的软腻让脚步凝重。但他看到了,沼泽地外面空空如也,一个石灯笼也没有。不见佛龛。他摸着地上的落叶尘沙,摸到了小树,摸到了绿叶,摸到了植物发芽。罗汉树下,一丛酷似曼荼罗花雨的藤蔓凌空升腾,像炊烟冉冉穿过树篷,消遁在逐渐明亮的早霞中。他仿佛看到生命本身——此起彼伏地,在树的高处隐隐波动。

青龙寺前,空海再次叩门。在门铃的摇晃中,门自行敞开了。三重门里站着的还是上次那个小沙弥,他低眉浅笑,像是一早获知了他的到来,极自然地引他进门。空海抬头看天,天穹原来盘旋着四只大鹏金翅鸟,落到大殿的正脊上就幻化成了鱼虬、鸱尾、鸱吻、螭吻。其中龙头鱼身的螭吻,也朝着他露出和小沙弥异曲同工的微笑。他心想,不会又在做梦吧。破瓦颓垣，茅茨不剪，眼前的山寺是树与草围成的一座幽深世界。于是边走边细察，在迈进东塔院之后，他猛然发觉院内的枯叶上散着铬黄色的东西。他俯身捡起一片，摊开，却像是一张金刚菩萨的脸……跪在水缸边一照，水中出现的是另外一个人，仔细一看……竟然是他自己。再试，依旧如此。

惠果大师也是在这时候现身的。他戴着厚厚的顶帽，很沉默，不高不瘦，轮廓和肤色都颇深，有几分印度和尚的风神。见到空海，他不慌不忙地放下手中的活，招呼他在殿前的一阶石梯上坐下。他捻须一笑，沉沉地说：

"东方来的年轻人，我已经在这里等候你多时了。"

KLONE

***

人眼大概是人身上最精妙的装置。它类似一个高清晰度的三十五毫米照相机,能够根据光线的不同自动调节亮度,可以自动对焦于感兴趣的物体。所以,当我第一次在宇宙基地看到马修的时候,我一点都不惊讶自己的眼睛为什么停在了他身上,因为我很快意识到我对他感兴趣。

他和我一样是来宇宙基地租房的。

今年是二〇五九年,有一半的人已经成功移民火星。刚移民的头几年,他们还会从火星派人回来打理房子,但日子一长,他们就忘了自己曾经在地球生活过的事实。那些房子变成了"鬼屋",我家附近也有几幢,在被人抛弃以后,它们像经历了一个急速衰老的过程，很快就被归为废墟，尽管那里从前是我童年的游乐场。"鬼屋"中潮湿阴森，常能见到散落在地上的玩具，拼到一半的拼图，喝剩半杯的咖啡，好像这些东西的主人是在匆忙之中逃离这所房子的。还有一次，我和同伴在一个"鬼屋"的地下室找到了一袋金砂。我拿回家把它交给我妈，我以为她会说这袋东西很值钱，结果她却告诉我，金子的时代已经过去了，现在这包东西充其量也就能换一包土。

有人说，这帮有钱的火星新移民是故意丢掉自己的过去，也有人说，他们派管家回来打理房子的成本比这房子本身还贵，不值得。这些留下的房子就像被留下的地球原住民，在正准备说些什么的时候，倏然失语。后来，废弃的房子被宇宙基地统一收回，重新翻修之后再出租给我们这些留在地球的人。

我的父亲在我刚出生时去了火星，他是最后一批移民者。跟他一起走的还有一个年轻女孩，她是我们家从前的保姆，一个被我妈请来照顾我起居却从没有把心思放在我身上的人。我爸留给我们一封信，是给我的，他在信里说到他要去火星追寻爱情。我妈将那封信收了起来，直到我成年的时候她才第一次拿出来给我看。不要相信人，无论他是来自地球还是火星。她告诉我，不要相信爱情，爱情都是骗人的。她刚开始只是讨厌火星，她认为火星上的所有人都是骗子，可即便如此，她依旧每晚七点准时打开她的视频接收仪，带上她的虚拟视听设备，准时收看宇宙新闻。

7点28分，"火地连线"这个节目是她的最爱。她端着一份旧报纸微微遮住她的视线，让她看起来根本没有在意这个节目，但她的眼睛骗不了人，一动不动地盯住接收仪上的一切。她竭力在屏幕上搜索着什么，像是要把自己的存在接入这五千四百万公里之外的世界。在那荧荧如火的红色星球，她的目光随着一个又一个隆起的陨石坑跃动，跳过砾石遍布的沙丘和沟壑凸起的高地，在看上去有人居住的伞屋之间停留。火星表层目前约有五万个伞屋，它们彼此相连，共用同一个从火星地核深挖上来的磁场。伞状的结构让它能够天然地抵抗太阳风和宇宙射线。我想，我爸应该就住在其中一个伞屋，她此时可能正在教我的保姆如何跳恰恰舞，就像他从前教我那样。

"火地连线"每期会采访一户伞屋的主人。我想，只要我活得够长，总有一天可以看到我爸登上"火地连线"。这个节目时长两分钟，会在 7 点 30 分准时终止。中断信号后的一个多小时，我妈还是坐在沙发上，假装她仍在与火星连线。

***

我在宇宙基地看到马修，第一眼先看到他腰间挂着的 Klone 罐。这个东西跟基地的房子一样，需要摇号取得。因为 Klone 采用的是从火星进口的纤维管，里面装的是火星深层的液态水，在市场上一罐难求。宇宙政府会抽取这些幸运儿眼部的基因组织，将他们的细胞培养在液态水中。

大约一年前的某个下午，我妈特意让我对着一个镶满了水晶的灰色长条 U 型管眨眼，并让我把眼泪滴在 U 型管上。她还揪下了几根我的睫毛，装进了一个跟管的颜色相同的纳米分子小袋。她下手很重，弄得我疼了好几天。在我那些睫毛还没有完全长好以前，她就带着一个跟我长得一模一样的人回到家里。

我的目光掠过她的脚，她脚上穿着跟我一样的拖鞋和休闲裤，左脚第二个脚趾在袜子上戳了一个洞，肉粉色的脚趾露了出来。短裤下面是被黑色丝袜包住的半截小腿，她穿着一个奇怪的网状丝袜，密密麻麻布满了孔，就像我从我妈那儿见过的U型晶体管。她注意到我在盯着她看，于是一只脚往后一撤。然后，她做了个极其轻微的动作，一面微微弓下腰，一面悄悄对着我的脚看。我自认为我比她要聪明，因为我把她的一切都看在眼里。我也将余光微微落下，我发现自己的左脚第二个脚趾也露在外头。等我再收回余光，快速向下看，结果我的腿上也穿着一双网眼丝袜。我不知她是怎么做到的，但那双袜子是我前男友送我的东西。自从他移民火星之后，我就一直穿着。它有点脏了，旧旧的，好像原本就烂塌塌地长在我的皮肤上。

我妈管她叫"Klone"。我有很多问题想问我妈，但我们已经很多年不跟对方讲话了。我们默认对方已经丧失了跟自己对话的机能。尽管我听见她和这个跟我长得完全一样的Klone聊天，用笨拙的普通话（因为太久不讲话的缘故）对着她喊出我的名字时，京京，京京，我还是会有一种莫名的不适。仿佛在我和我妈的关系里，通过这个小罐，她一直期盼的"我"终于被创造出来。

这个"我"比我温柔得多，她会挽着我妈的手在客厅里散步，她会为正在收看"火地连线"的妈妈披上毛毯。她见到我时通常会绕着走，这是因为在她的人工智能程序中，要尽量避免与她模拟的对象碰面。实在没办法，她必须见到我的时候，她会远远地对着我礼貌地鞠躬。这个时候，她腰间挂着的小罐也跟着一晃一晃，晶体管中裹着我基因组织的液态水流动着，发出宝石一般的光泽。我知道她有意避开我的视线，她不敢看我的眼睛。因为只要一对视，她就会明白她只是一个替代品。

人的角膜背后是折射率为 1.33 的水，水之后藏着的是一个类似洋葱那样层层相叠结构的晶状体。Klone 没有眼睛，她没有人类的晶状体，她的生命是靠腰上那个小罐子，那就是她的眼。我想我需要表现得比她更像一个复制人，对任何事都冷眼相待，这也许才能让我妈意识到，我很忙，没空陪她玩这些无聊的把戏，我在内心深处并不在乎她。

***

起初,我以为我妈去摇号、急着抢购她只是为了追个风潮,或者是为了缓解一下孤独,但很快我发现,她是需要一个载体来承载她过去的记忆。我开始感到不适。现在我妈有了新的"女儿",这个看似找到自我的方式,恰恰证明了她的迷茫。记忆与智能是两码事——没有记忆,就不可能学习,而学习又是具备智能的关键一步。她一遍遍地讲述她从小经历过的事,包括她的父母、她过去的房子、她跟我爸的相遇,以及地球原本的模样,人们没有移民火星之前曾经拥有的快乐时光。她教 Klone 的第一个词是"妈妈",第二个词才是我的名字"京京"。她把这个名字赐予了她,在她的记忆中成了她的造物主。

她们从早到晚腻在一起。我妈按照人造人的出厂说明书,给她安排了一天二十四小时的训练。那些课程的名字来自火星引入地球的最新技术,一些新的术语,比如"驯化"(acclimatization)、"抗性训练"(hardening)、"防卫反应机制"（priming）、"条件反射"（conditioning）……这些训练在我看来，不过是为了让她更好地适应与人的对话。她在训练中得到经验，然后在经验中学习如何像个"人"那样生活。可她毕竟不是人，很快就露出了马脚。比如最简单的吃饭，她就学不会。当我妈放了一块面包在她面前，教她如何咀嚼面包的时候，她的程序阻止了她将那块面包送入嘴里，所以当我妈把面包塞进她的口腔，她还是没有办法咬住。面包上涂着厚厚一层花生酱，几乎无一遗漏，都被挡在她的嘴唇之外。花生酱开始滴在她的胸上，她低眉望向胸前那团棕色的东西，我看到她微微张开的嘴里牙齿正吓得打战。这个生活中细小的问题，暴露出人造人与人本质的不同。她不需要依靠食物来获取能量，她的能量生产与消耗全在腰间的小罐中完成。这一点有点像植物，她进行的是一种被动运动，她并不依赖于蛋白质的复杂结构（像人那样），而是仰仗"水力"——以液态水的简单输送过程为基础，在水分进出组织的过程中为自身提供动力。所以，她不理解人的困境，像是贫富差距和性别歧视，这些困境都是实在的、固态的。

至于她身体做出的每一个动作，说的每一句话，都是通过调控Klone罐内的自身细胞液浓度来实现。她的存在就像一棵含羞草，当细胞浓度上升时，Klone罐的晶体管会变蓝，她会自然而然地张开双臂。她又像一株捕蝇草，当细胞浓度骤降时，她的晶体管会变红，这时她会急忙缩起身子。

谈话对她而言是最难的一种动作，因为她要先熟练调控细胞浓度，才能完成流畅、完整的对话。说明书上显示，她的记忆只能保存四十天。这就意味着，每隔四十天，她就会完全忘记之前经历过的事情。我妈给宇宙工程部打了电话，用质问的口气向他们讨要延长Klone记忆的方法。没办法。这项技术是宇宙政府和医疗机构一起研发的，他们的工程师正在研发第二代Klone，但是难点就在记忆保存这一部分。Klone罐内的U型管目前只能负责给Klone提供基本的运行动能，如果要在U型管的晶体上再植入记忆芯片的话，这意味着要给Klone装一个"大脑"。工程师想做的不是打造一个新的物种，这太危险了。

他们认为，对于留在地球所剩不多的人类而言，最重要的是保证"人"的纯正性。面对我妈执着的追问，他们最后给出的答复是——他们也许会将Klone升级为一种类似高级植物的东西。在不远的将来，Klone应该可以跳过反复学习这一阶段，直接开口说话。他们也承认，新技术会用到朊病毒。这种病毒含有错误折叠的氨基酸链的蛋白质，令蛋白质在复制过程中引发邻近蛋白质变性。在动物体内，朊蛋白是一点好处也没有，它是克罗伊茨费尔特—雅各布二氏病（疯牛病）的致病元凶，但在植物和 Klone 体内，这种蛋白质却能帮助母体生成一种独特的生物化学记忆。

最后我妈问他们："别说了，我不想听这种废话了。我只要我的女儿一直听见我。"

"当然。只要您每天都跟她说话，就不必担心四十天的记忆期限。"

***

大约在半年前，我在客厅偶然间听到她们之间的对话：

"嗨，老妈。我是京京。"

"京京，还记得你爸爸从前给你搭的木屋吗？还记得我们一家人去郊外远足吗？还记得……"

"老妈，我会照顾你的。"

"京京，很好，非常好。可我要的是你爸爸。你知道他现在去了火星,那里有很多漂亮的女人,是不是?你肯定知道。"

"老妈,不用担心。我有一半血统来自火星,我熟悉我故乡的情况,那里极地冰川下的液态水孕育不出来地球上奇妙美丽的生物。"她见到我路过客厅立刻低下了头,声音也变低了,继续说道,"我会一直陪在你身边,老妈。"

我妈看到了我,随即提上了音调,扬声说:"你凭什么这么肯定?你老爸曾经也跟我许诺过要永远守在我和你身边,可现在?你们小孩子知道些什么?"

听到这话,我心里想的是,我已经三十一岁,无论在地球还是火星,我都不能被看作"小孩子"了。

然而我妈面前的那个"我"却还是微笑着握住我妈的手掌,在她掌心画了一个圆圈(也有可能是个爱心),说:"没关系,老妈。爱情都是骗人的,不要再提那个男人了,现在你有我在你的身边,永永远远不会离开。"

我愣了一下,然后马上意识到,"爱情都是骗人的"这句话不可能出自我。这个家伙说的每句话都是参照我妈的思维方式导入的算法。也就是说,她长得跟我一模一样,可她的内核却是我妈的镜像投射。我听见我妈低头抚摸着她的脑袋,一遍又一遍地重复着"很好,很好,很好"。

Klone 来到我家已经大半年,身上还穿着出厂时那套衣服。不知为何,我妈没有给她添置任何新衣服。Klone 自己也没有主动提出这方面的要求。她们俩有时会到宇宙基地地下城的旧货收集站淘一些日用品,这里的大部分东西都是火星移民留下来的。我从不陪我妈来这地方,因为大部分的旧货都是还没来得及送去堆填的尾货,它们乱哄哄地堆成一座座小山,前来买货的人要爬到那垃圾山上逐件挑选。还没挑几件,人就会陷入垃圾山。抬起胳膊嗅嗅自己,也跟周围没人要的垃圾一样,闻起来好像腐烂了很久。

四处飞舞的苍蝇,慌不择路,常常一头撞在人的脸上,我无法忍受在如此恶劣的环境下购物,可我妈偏偏喜欢。她喜欢跟一帮与她年纪相仿的老太太争抢一件稍微干净一点的毛衣或针织衫。有时,她抢得太多,手里抱不住这些衣服,她就会一股脑儿地将她的"战利品"套在身上,里一层外一层。有了 Klone 之后,我妈逛地下城的频率明显提高。她开始攀爬那些以前根本挤不上去的垃圾山。她爬到一半快要跌下去的时候,Klone 就会上前扶她一把。她扯了太多衣服,下半身完全陷进去之前,Klone 又会把她抱起来重新放回到垃圾山顶。Klone没有嗅觉，她不嫌那些衣服臭。她的Klone罐，闪着微光的晶体管。就这一点点微光，刺得人极不舒服，晃得那些跟我妈同场竞技的大妈头晕目眩。少了对手，我妈成功将一整座垃圾山搬了回来。

有天我推开门，苍蝇和臭味同时袭面而来。我妈拉着Klone的手坐在那座小山上，神色骄傲地看着刚进门的我。

她端详了一番我的脸，然后转头问Klone："京京，她是谁？你认识吗？"

也是在那一刻，她心里的我听到了我心里的她。于是，我决定搬出这个家。

***

宇宙基地办事处每天都要处理十几单住房申请，申请人一般都是我和马修这样无法跟父母再同住下去的年轻人，但是整栋大楼除了申请人之外，见不到一个办事人员。

宇宙基地大楼用透明的晶体板构建而成，浩浩汤汤几十平方千米，它的边界设在天际线上。每一块晶体板都能接收到走在上面的人的热能，通过计算这些热能数据，基地后台的办事人员就能获取到我们的个人信息——身高、年龄、职业以及婚姻状况。我走到二楼的时候，晶体板已经提示我走右侧的"未婚"通道。连接主楼和"未婚"公寓副楼的是一条没有天顶的露天甬道，人走在上面，才觉得地球的夏天已是如此溽暑难耐。

而他，就站在桥上，干净的衣衫上一条渍痕也没有。马修，跟我一样未婚的马修。我瞥向他的时候，他刚好正望向我。我不知道是不是因为天气的原因，我的脸上突然发烫，当我的眼睛撞到他的眼睛时，我赶忙收回了我的目光，但这依旧不妨碍我喜欢上了他——他裸露的有力双肘、干净的方形脸颊、平淡无奇的温柔双眸。尽管我们彼此都没跟对方说一句话，我脚下的晶体板却已经热得快要烧起来了。如果晶体板也能把我那一刻的情绪上传到宇宙基地，工作人员一定会疑惑我这个租房人究竟怎么了。

马修在我前面被传唤进一个四面透明、挑高很高的大开间。我站在门外，可以清楚地看见他和办事员的一举一动。与马修相比，那办事人员根本不像个人。那人套着一种类似防辐射服的保护膜，全身没有一寸肌肤裸露在外面。他说话时嘴巴不动，只有腰间的 Klone 罐频频闪动。他们没谈多久，办事员就生硬地抬起手在马修的档案上盖上一个戳。

马修走出来时，冲着我挥挥他的文件，笑了笑。

"到你了。"

"我要说些什么呢？"

"他会问你一些具体的问题，像是你为什么一定要从家里搬出来之类的。"

"我……你呢，你为什么非搬不可？"

"独居让地球人得以存续。下回见面，我跟你说说独居的好处。"

"等等，你叫什么？"

"我叫马修。"

他从我身边经过的时候，腰间有什么东西晃了我一下。我抬头去看甬道上方的天顶，太阳压得很低，一只壁虎不知死活地匆匆奔过，停留在太阳中心动弹不得。它明显是迷了路，晶体般透亮的眼睛疑惑地看着我。哪天再会，也许是十年之后。那时，说不定他也拿到了去往火星的通行证。他轻描淡写的"下回再见"，让我顿觉自身古老。在这古老的星球，我像是活了许多个世纪。

后来，等我见过办事员，拿到了"宇宙基地独居许可证"，我再回想起他离开时给我的无措感，他腰间闪烁的不明物，我怀疑他可能是一个 Klone。我回到家以后，越想越觉得不对劲。马修应该就是一个 Klone。如果不是这样的话，又怎么解释他举手投足间的"完美"？想到这儿，我的心就揪成一团，撕裂般难受，然后它又膨胀，怦怦狂跳。

我妈虽然糊涂荒谬，但是她从小就教导我"人是有缺陷的"并无错处。现实生活中的人，总喜欢试探人与人之间的边界，喜欢窥视，更喜欢越界，直到人际关系崩盘为止。人还有不可抑制的欲望，不懂得控制、收敛。我们被抛弃在地球上，自生自灭，某种意义上也跟人深层的劣根性有关。那些基因更优越、智商和社会地位更高、创造力更强的人都被送到了火星，留下的我们可不就是低等的人吗？

几个世纪以来，人类内部的优胜劣汰一直悄然无声。作为被抛弃的部分，我们必须不带一丝怒气与积怨继续前行。只是火星上的同胞，大概怎么也想不到有一天我们会创造出 Klone，在最低等的物种中间研发了最完美的"人"，这太荒唐了。有了 Klone，我妈不仅摆脱了与我多年的情感缠斗，还在垃圾抢夺战中成了当之无愧的"一姐"。

只是当 Klone 这件事发生在我身上,我还是有些愕然。我在意的不是纤维管提取了原生人的复制技术,也不是 Klone 人马修是否拥有爱人的能力,这些不过是技术与道德伦理的问题。真正令我受挫的是,原本那么排斥 Klone 的我,最终竟然爱上了一个 Klone。这意味着在我潜意识里,深层困扰我的依旧是我和我妈的关系。即便我暂时搬去了宇宙基地,我仍旧不能彻底摆脱我妈对我的影响。每到我想要坠入一段感情时,我脑中响起的就是我妈为 Klone 洗脑时说的那句话——"爱情都是骗人的。"

***

如果我想印证马修到底是人还是 Klone,我必须揭开 Klone 身上小罐的秘密。这意味着我必须靠近我家的那个 Klone,即使冒着被我妈发现的风险。

那是我在这个家的最后一晚,我在我妈入睡之后偷偷潜入客厅。Klone 就杵在客厅与厨房相接的角落,她身上别着的 Klone 罐在夜里是荧光色的。我寻着那光去,踮着脚。

当我距离 Klone 还有不到一米时，她的 Klone 罐忽然变红，她惊慌地眨眨眼，迅速将脑袋转到一边。我想她是知道，一个 Klone 不能跟自己的原生人对视。但她没法坐视不理。接着，我每往前走一步，她就会往后退一步，我们这样僵持着，直到她无路可退。

"你别怕。"我说话时还是忍不住想要打量她的眼睛，"我很感谢你，有你在我妈身边，她不像以前那么糟了。"

她张着嘴巴，没有作答。

我继续说："如果你不介意的话，我想摸摸看你……你的小罐？"

沉默了片刻，她才第一次开口跟我说话。她说："只要您答应我不扭开它……"

"好，我答应你。"

我们虽然是两种不同的物种，但那一刻我俩达成了某种秘而不宣的共谋。她明明可以启动呼救装置，让睡在里屋的我妈出来捉我，但她始终没有。我慢慢蹲了下来，举起她腹部一侧的 Klone 罐。

窗外的月光从拉下来的软百叶窗透入，其中的一小块，不偏不倚地映在那小罐那罐中的晶体管上。光线朦胧，我看到她有点为难地耸着肩。我的手就要触到她的身体时，她微张着嘴，尽量保持不动，好像在她头上有一滴热腾腾的雨珠正准备落下。

我第一次感受到自己的虹膜在观看中逐渐敞开，我角膜背后藏着的折射率是 1.33 的水仿佛也跟着这 U 型管中的液态水在流动。我相信我正在观看一些肉眼无法识别的东西。我原以为只有一个的晶体管里面充满了褶皱，然而实际上，每一个褶皱上都长满了禾本植物种子壳上才有的细而长的纤维。

她压低声音说："这是芒。"

在芒的中心部分，有着明显螺旋状的纹路，一层层盘旋着引入一个带有刻度的圆盘。圆盘的一端系着比毛发更轻盈、更结实的东西，作为指针。整个 U 型管鳞片般密布着芒，芒就是靠着这些圆盘计量时间。轻轻地，很有节制。她的设计，每一种构造都有特殊作用，能够帮助她完成一系列叹为观止的运动。

"如果我扭开这个小罐，"我还是没有从 U 型管上抬眼，"那你会怎样？你会死吗？"

"我想……我还没有考虑过这个问题，老妈也从没问过我这类问题。"

"但你知道自己不是人类。"

"我知道。我是一个 Klone，我有出厂编号，有这个小罐，还有芒。"

"Klone 和人有什么区别？你们会爱上人吗？"

她半晌没有说话，眼睛越过厨房的餐桌、桌上的餐具，越过水池和作业台，越过窗。她凝视着前方，神情有些恍惚，让我不禁怀疑她究竟有没有自我反思的能力。这时，她平静地开口道："我想，从我被创造出来的那刻起，您的基因就在我的芒里面生长。我只是无法获取您最新的体验，但您过去的记忆我都做了备份。尽管对于更新的记忆，我只有四十天的储存期限，但对于更早以前的记忆，您出生时候的模样，您父亲离开您和老妈时的场景，您的男友为了您的好友跟您分手……这些在我出厂前就植根在您心里的东西，同样也种在我的心里。"

听她说话的一刻，我陷入一种无法进行自我反思的真空。那感觉像是被人抛到火星，上面是狭长的陆地，下面是沸腾的岩浆，而我的意识就浮在两者的中间，我经常因为我的记忆而哭泣，看看别人过得有多好，再看看自己是怎么活的。

她的话我一个字也没听进去。她提到的那些我最不愿意想起的人，居然还清晰地活在我的记忆深处，就在我现在生活的环境里。我的父亲在登机前一秒紧紧搂住我的肩膀，问我要不要跟他一起去火星。

"我不要！"

我的父亲盯着哭成泪人的我看。他叹了口气，咂咂嘴，最后转身离开。他拿着一块比我的小手掌还要大的手帕擦拭他布满胡楂的下巴，可能还擦去了眼泪。这一组动作好像刻在我的脑中，或许我也有一个存放记忆的晶体，我想念他的时候，随时将他从晶体中调取出来——在我的梦里，始终在场。

由头至尾地显影。

***

我再见到马修是在宇宙医院的病房里。

他守在我妈的身边，他的身后站着我家的 Klone。Klone 见我到来，从门槛边上走了过来，她为我播放了一段我妈入院前录制的语音。随着我妈的声音，我们三个的目光慢慢集中在我妈的身上。此刻,她头上正戴着一个锥体的罩子,睡在一个类似船舱的白色病床上。她的沉默就像她还在收看"火地新闻"一样毫不费力。

马修带我到医院外的草坪坐了一会儿。他和我上次见他时的样貌有了些变化,我记得他之前没有胡子,但他现在不光留了一撮八字胡,还在下巴上蓄了一缕胡须,我还注意到他的腰间少了那个 Klone 小罐。

他告诉我,他从来都是人,不是 Klone。这些 Klone 是他的团队和宇宙政府一起研发出来专门用来治疗阿尔兹海默症的。他们是"陪护克隆人"。我家的"京京"就是我妈在第一次确诊之后,他安排送到我家的。Klone 的主要功能是代替人类,帮助阿尔兹海默症患者储存他们的记忆。至于出厂前设置的四十天短期记忆功能,是为了能在四十天的重复动作中加强记忆训练,延缓患者记忆衰退。这样一来,Klone 罐内的晶体管既能存放记忆又能牵制记忆,方便他对我妈这样的病人进行实时的追踪观察。

而上次见面时,我瞥见他腰间闪闪发光的是"芒"的纤维组织,是他做实验时不小心掸到身上的。

"好吧,"他侧目一笑,问,"你以为我是一个 Klone?"

他的语气很亲切,他的话随着太阳赭石色的热力慢慢蒸腾到空中。我不知道该回答些什么。现在是二〇五九年,地表温度达到华氏一百度。我觉得有一个问题堵在我的胸口,我不得不说,因为我越捂,它就越烫。

"马修,你觉得我妈病好了之后,她还认得我吗?她还能分得出我和 Klone 吗?"

"在她的记忆里,始终只有一个你。"

后来我才知道,母亲为了让我永远留在她的记忆中作了多少努力,她日复一日地重复着给我留言。在她留言的那个刹那,地球和火星上发生了很多事:某个地方一片森林发生了火灾,一种新能源被人发现,一个婴孩诞生了。那一刹那过去了,我现在想要成为她的记忆数据库,她的眼。

后记

我还是从十年前我开始写作时的经验说起。

我最初的写作跟文学的关系其实不大，它们都是非虚构，是我在香港《大公报·副刊》工作期间采写文章的合集，是一些别人的故事。那时候已经是二〇一四年，而我还没有想要成为作家的想法。我记得我去报到的第一天，就撞上了副刊的"科哥"（王钜科先生），他不论寒暑只穿一件单衣，方脸，高，瘦，光脚趿拉着一双人字拖，是这样一位老先生把我引到了工位，然后告诉我："你呢嗰位以前坐嘅係梁羽生先生。"我听了之后，也用广东话问他："边嗰係梁羽生？"科哥盯着我看了半天，把手一指说："金庸坐嗰边，咁你知唔知金庸？"这时候，我使劲点了点头："金庸先生係嘛，咁我知。"

工作了两年之后,我几乎采访了所有香港重要的艺术家、收藏家,在这些人的故事中,我最喜欢听他们讲南来香港的早年生活,与他们半生之前在内地的往事,这里面有浓浓的烟火气。而在我们闲聊的时候,他们也会讲上海话、潮州话、客家话、东北话,就是这些看似不经意的流露,反而把我拉进了他们的故事。我很幸运,因为在我提笔写故事之前,我先遇到了这样一群人,他们是我上一本短篇小说集《取出疯石》的雏形。这些在异乡漂泊的人,怎么行动、怎么反应、怎么生活,他们能够对一个地方有怎样的期待,不能有怎样的期待。比起他们告诉我的事情,他们不能说的是我更感兴趣的。我能够体会到他们的犹豫,很多时候来源于被"卡"在两种语言、文化之间的停顿,一种被悬置起来的无力感。

就像所有地方的迁移人口一样,他们与城市的关系若即若离,彼此间常有亲密的时刻,但更多的是孤独——这种感觉也随着时间变成了我身上的印记,我的疏离感,反映在我回到北京时被当成"香港人",回到香港时被看作"北京人"的时刻。在城市,我说着广东话、普通话、英语,好像一个异乡的旅人,始终没办法在任何一种文化中扎根。

正是在这样的心态下,大约八年前,我决定回北京定居。在离开香港之前,我收到了朋友送的一本《画语录》,这是艺术史家徐小虎与书画鉴赏家王季迁围绕中国书画笔墨的一次马拉松式采访。书中在谈及陈洪绶在晚期变形山水时,引述了高居翰先生提出的"慌张的山水"(nervous landscapes)这个概念。我读到这几个字时,心里"咯噔"了一下,这说明——在特定情况之下,连山水画也会表现出一种强烈的摇动,一种拔根似的不稳定感——更何况像我这样本身就漂泊,不断游走在各文化之间的人?我的内心"山水"又是如何摇摆的?所以在《取出疯石》之后,我决定写一些关注当代青年精神世界的小说,就是这本书的八篇故事,以一种接近"慌张"的方式,写年轻人的内卷,写中年人的承受,写这几年我们每个人都经历过的现实。

如果说跟我过去的写作作个比较,我想最重要的是写作对象的变化,我不再以写海外经验与精英群体为主,我开始写人,以他们实实在在存在的方法,而不是从一个"人"的概念出发。这点转变是基于年初我失去了我的同事,生产时候因为羊水栓塞去世的杨奕老师,她的死对我的触动很大,我像被现实一棒子击中,击落在地。我开始从自己理想化的抽象世界里走出来。我永远记得我对她说的最后一句话:"杨老师，你非生不可吗？"她说："周老师，我卷不动了，就想在这一年里借着生孩子好好歇歇……"我们的对话，这种擦着肩膀失去的痛苦，我不知道怎么跟外人道，它把我横断在了某个时刻，让我在写完之后忍不住崩溃大哭。

所以有较长一段时间，我在等待这些故事，等待有这么一个时刻，我可以面对它们，并有勇气把它们结集成册。感谢上海文艺出版社给了我勇气，谢谢曾经刊发过这些小说的刊物（《文艺报》《人民文学》《青年文学》《花城》《湖南文学》《小说界》《香港文学》），转载过它们的《小说月报》与《中篇小说选刊》，以及我的责编江晔女士、解文佳女士，因为有她们在，我很安心。谢谢她们的陪伴，是她们的努力才让这些"慌张的山水"渐渐显形。

最后我想说，对于很多人，我们有他们的历史记录，知道他们的生平、工作等，但依旧对他们一无所知。文学的意义，或许正是为了补全这一点，让人被人看见，让人还可以选择相信。而我们也因此不再"慌张"。

珠海，参加余华老师北师大活动的路上
二〇二四年十一月一日

图书在版编目（CIP）数据

慌张的山水 / 周婉京著. -- 上海：上海文艺出版社, 2025. -- ISBN 978-7-5321-9288-5

Ⅰ.Ⅰ247.7

中国国家版本馆CIP数据核字第2025RT9323号

责任编辑：江　晔　解文佳
装帧设计：孙　容

书　　名：慌张的山水
作　　者：周婉京
出　　版：上海世纪出版集团　上海文艺出版社
地　　址：上海市闵行区号景路159弄A座2楼 201101
发　　行：上海文艺出版社发行中心
　　　　　上海市闵行区号景路159弄A座2楼206室 201101 www.ewen.co
印　　刷：上海盛通时代印刷有限公司
开　　本：1092×787　1/32
印　　张：9.5
插　　页：2
字　　数：150,000
印　　次：2025年4月第1版 2025年4月第1次印刷
Ｉ Ｓ Ｂ Ｎ：978-7-5321-9288-5/I.7284
定　　价：59.00元
告　读　者：如发现本书有质量问题请与印刷厂质量科联系　T: 021-37910000